Collection dirigée par Henri Mitterand
Série "Les écrivains" dirigée par Dominique Rincé

Balzac

- **des repères pour situer l'auteur et ses écrits**
- **une analyse des grandes œuvres sous forme de résumés ou de descriptifs et de commentaires**
- **des groupements thématiques, des sujets de travaux, une bibliographie**

Pierre Aurégan
Agrégé de Lettres modernes

Honoré de Balzac, lithographie par Bordneman

 ISBN 2-09-180243-3

Introduction

« *Mes romans sont les 1 001 nuits de l'Occident* »
(lettre à Mme Hanska).

Balzac est notre Homère, notre Shakespeare, son œuvre une œuvre-monde, « *speculum mundi* ». Avec ses 137 romans et nouvelles, ses 2 209 personnages, *La Comédie humaine* restitue un demi-siècle de notre histoire, du Consulat à la monarchie de Juillet, embrassant toute une société dans son fourmillement humain, la multiplicité de ses lieux et de ses milieux, l'enchevêtrement de ses détails matériels. Œuvre monumentale, qui ouvre toutes grandes les fenêtres du roman sur la vie historique et en fait un témoignage et un document de première main. Le réalisme pourtant dont on l'affuble ne fut jamais simple soumission au réel. Contemporaine de la photographie naissante, l'œuvre balzacienne ne reproduit pas la vie, elle la reconstruit. « J'enveloppe alors le monde par ma pensée, je le pétris, je le façonne, je le pénètre, je le comprends » (*Louis Lambert*).

Par le récit d'abord qui, en dramatisant le monde social, dégage, derrière son apparence confuse, ses structures profondes, ses conflits, son dynamisme. Par la description, qui ne se borne pas à enregistrer les surfaces des êtres et des choses, mais opère un véritable déchiffrement du réel. Par les personnages enfin, qui, élevés à la hauteur de types humains représentatifs, cristallisent les forces et les aspirations à l'œuvre dans la profondeur de la vie collective. Réalisme qui dévoile, met à nu la laideur, le grotesque, l'étrangeté, la violence du réel. Constamment tendu sur les abîmes sociaux et individuels : la souffrance de Bénassis, la haine démesurée de la cousine Bette, la déchéance de Valérie Marneffe ou Flore Brazier, le désespoir des suicidés balzaciens, Athanase Granson, Esther Gobseck et les autres, l'égoïsme monstrueux des « femmes sans cœur »... Réalisme accusateur et cru qui renvoie d'une époque une image en forme de réquisitoire. De là, sans doute, ces accusations de vulgarité et d'immoralité qui accueillirent l'œuvre. Réalisme d'autant plus paradoxal qu'il émanait d'un écrivain conservateur, monarchiste, qui prétendait écrire « à la lueur de deux Vérités éternelles : la Religion, la Monarchie ». Et qui, pourtant, mettait au jour le mécanisme impitoyable du monde moderne, la loi d'airain de l'argent-roi ; l'inhumaine comédie du libéralisme du XIXe siècle.

Moderne, Balzac l'était encore parce qu'il est le premier de nos grands écrivains pour lequel la littérature est un métier. Il fait l'expérience de la transformation des œuvres de l'esprit en marchandise. Ni protégé, ni pensionné, ni rentier comme le sera plus tard Flaubert, il vit de sa plume. Condamné à une vie de forçat de l'écriture, voué à une perpétuelle course contre la montre avec les éditeurs et les directeurs de journaux pour remettre les manuscrits promis. Pendant près de dix ans, il a connu les cuisines de la gloire littéraire. Nulle sacralisation de l'œuvre chez lui, nulle mystique de l'art. Pour Balzac, la littérature est un moyen et non une fin. Une des voies possibles de l'ascension sociale. « Que me faut-il ? Je n'ai que deux passions : l'amour et la gloire. » Et pourtant aucun écrivain avant lui n'avait autant sacrifié à sa création. Au point que celle-ci a fini par dévorer son créateur, épuisé prématurément par l'œuvre immense qu'il avait entreprise. Vérifiant cette affirmation de *La Cousine Bette* : « Les grands hommes appartiennent à leurs œuvres. »

La vie d'Honoré de Balzac

UNE ENFANCE EN TOURAINE (1799-1818)

Honoré Balzac naît à Tours, le 20 mai 1799. Son père, Bernard-François Balssa, fils d'un laboureur du Tarn, est alors directeur des vivres de la 27e région militaire. Sa mère, Anne-Charlotte-Laure Sallambier, est issue d'une famille bourgeoise du Marais, à Paris. Elle a trente-deux ans de moins que son mari. De ce couple disparate naîtront trois autres enfants : Laure, en 1800 ; Laurence, en 1802 ; Henri, en 1807. Ce dernier est le fils adultérin de Mme Balzac et de Jean de Margonne, le châtelain de Saché. Quant au patronyme, il est emprunté à une vieille famille noble, les Balzac d'Entraigues, pour des raisons de prestige. La particule aussi est fictive et figurera sur l'acte de naissance de Laurence.

L'enfance de Balzac est d'abord marquée par un lieu, Tours et la cathédrale Saint-Gatien, et un milieu, la Touraine qui servira de cadre à de nombreux romans. Paysage lumineux, heureux, maternel, qui constitue le véritable centre affectif de la géographie balzacienne. Elle est marquée ensuite par la souffrance. Mis en nourrice dès la naissance, confié ensuite à la pension Le Guay de Tours, de 1804 à 1807, puis exilé pour six longues années au collège des oratoriens de Vendôme, sa vie comme son œuvre seront hantées par la froideur hostile de la mère, l'indifférence paternelle et la présence d'Henri, le rival, l'enfant de l'amour et de l'adultère. C'est à cette blessure inguérissable que s'alimenteront ces drames invisibles de la vie privée qu'inlassablement Balzac décrira. Honoré achève ses études secondaires et s'inscrit en 1816 à la faculté de droit. La même année, il entre comme clerc dans l'étude de maître Guillonnet-Merville (le Derville de *La Comédie humaine*). Le 4 janvier, il est reçu au baccalauréat en droit. Mais, contre l'avis familial, il refuse d'entrer dans la carrière notariale. Alors que la famille déménage à Villeparisis, près de Paris, il va habiter une mansarde, 9 rue Lesdiguière, dans le quartier de l'Arsenal. Balzac a choisi la littérature.

LES ANNÉES D'APPRENTISSAGE (1819-1829)

Ses parents lui allouent 1 500 francs par an, somme dérisoire qui le condamne à la misère, et lui donnent deux ans pour réussir. Là, il s'adonne à d'immenses lectures et rédige ses premières tentatives littéraires. Une tragédie, *Cromwell*, est achevée au début de 1820. Jugée sévèrement par l'académicien Andrieux, un ami de la famille, elle n'est pas publiée. Balzac se tourne alors vers le roman. En 1821, il rencontre Auguste Lepoitevin de l'Égreville. Débute alors une collaboration littéraire qui débouchera sur la publication, sous des pseudonymes divers (Viellerglé et Lord R'Hoone, anagrammes de l'Égreville et Honoré, Horace de Saint-Aubin), de romans commerciaux destinés aux cabinets de lecture. Il faut renoncer aux rêves de gloire et gagner sa vie. Avant Lucien de Rubempré et Lousteau, Balzac entre dans le « cloaque littéraire ».

L'année 1822 est une année faste. L'apprenti écrivain perçoit ses premiers droits et surtout il découvre avec Mme de Berny, la voisine des Balzac à Villeparisis, l'affection dont il avait été sevré. Celle-ci, qui a vingt-deux ans de plus que lui, qui est mariée, mal d'ailleurs, jouera le rôle de maîtresse, de mère et d'initiatrice.

Parce qu'à défaut de gloire il rêve de fortune, il se lance dans les affaires, décision aux conséquences désastreuses qui se feront sentir sa vie durant. D'abord éditeur, puis imprimeur, enfin fondeur de caractères, il voit ses entreprises échouer : en 1828, c'est la faillite. Il laisse 60 000 francs de dettes, pour la majeure partie dues à sa mère. Les ennuis d'argent commencent, ils ne cesseront plus. Balzac retourne à la littérature. Il se rend à Fougères pour préparer un roman historique : *Le Gars* (*Les Chouans*). Celui-ci paraît en avril 1829, sans grand succès, mais c'est le premier livre signé Balzac. En juin, Bernard-François meurt. En décembre, le succès de *La Physiologie du mariage* lui ouvre les portes des salons et de la gloire.

LES ANNÉES CRÉATRICES (1830-1840)

Débute alors une vie mondaine : Balzac fréquente les salons littéraires de Mme Récamier et Mme de Girardin, il y rencontre Hugo, Delacroix, Vigny, Dumas. Il s'associe avec l'entrepreneur de presse, Émile de Girardin, collabore à de nombreuses revues et publie en avril 1830 les « Scènes de la vie privée ». Il signera pas moins de soixante-dix publications cette même année. Les liaisons féminines se multiplient : la duchesse d'Abrantès, la duchesse de Castries, la comtesse Guidoboni-Visconti, Mme Hanska.

L'année 1832 est une année charnière. Il reçoit la première lettre de l'« Étrangère ». Il s'agit de la comtesse Hanska, l'épouse d'un riche propriétaire d'Ukraine. D'abord épistolaire, la liaison se concrétisera l'année suivante. L'amertume de la liaison avortée avec la duchesse de Castries est effacée. Une étrange relation commence qui ne s'achèvera qu'avec la mort de l'écrivain, scandée de voyages en Europe (1833, 1835), de séparation (de 1835 à 1843), mais jalonnée d'une correspondance jamais interrompue.

Alors que les œuvres se succèdent, en 1836, Balzac lance la *Chronique de Paris*. Six mois plus tard, la publication est suspendue : il laisse 46 000 francs dans l'affaire. « La Dilecta » meurt en juillet. Les années suivantes le voient débordant d'activité : il entre à la Société des gens de lettres qui milite pour la défense des droits des auteurs face au développement de la presse. Il achète une propriété aux « Jardies », à Sèvres, se rend en Sardaigne où il escompte exploiter d'anciennes mines d'argent (mai à juin 1838) ; prend la défense du notaire Peytel accusé de meurtre (août 1839). Incorrigible, Balzac fonde en 1840 une nouvelle revue, la *Revue parisienne*, nouvel échec. Après avoir acquis des terrains autour des « Jardies », il est obligé de vendre la propriété, saisie par un créancier. Il loue alors le 19 de la rue Basse à Passy sous un nom d'emprunt, celui de sa gouvernante et maîtresse, Louise Breugniot, dite Mme de Brugnol. Sa tentative théâtrale, *Vautrin*, montée à la Porte Saint-Martin, s'est soldée par un échec : la pièce est interdite après sa première représentation, le 14 mars.

Malgré cette activité débordante, les dettes, les voyages, les liaisons, Balzac travaille comme un forçat. S. Zweig[1] décrit l'emploi du temps journalier de l'écrivain : couché à 8 heures, il se réveille à minuit et travaille jusqu'à 8 heures du matin à ses livres, buvant café sur café. Après un petit déjeuner et un bain, il se remet à sa table de travail jusqu'à midi, corrigeant les épreuves que lui apportent ses éditeurs. À midi, brève interruption pour un repas frugal, puis encore deux heures de travail. Ce qui reste de la journée est consacré à ses visites à Paris, aux éditeurs, aux antiquaires qu'il affectionne et chez lesquels il se ruine en meubles et bibelots car, comme le cousin Pons, Balzac est un collectionneur infatigable.

1. *Balzac, le roman de sa vie*, Albin Michel, 1950.

LES ANNÉES DIFFICILES (1841-1850)

La décennie s'ouvre sur une nouvelle qui va changer son destin : en janvier 1842, il apprend la mort du comte Hanski. Désormais, le projet d'épouser Ève devient une idée fixe. Elle satisfait le rêve de stabilité et de fortune qu'il caresse depuis si longtemps. Déjà les premiers ennuis de santé se sont fait jour l'année précédente et, pourtant, Balzac continue à publier. Les premières livraisons de *La Comédie humaine* paraissent, l'« Avant-propos » est rédigé en juillet.

1843 sera l'année des retrouvailles avec Mme Hanska. Il séjourne à Saint-Pétersbourg du 29 juillet au 7 octobre. Il tombe malade. Méningite chronique diagnostiquera Nacquart. Le projet de mariage est différé : Mme Hanska désire marier sa fille, le transfert de sa fortune exige des démarches nombreuses, enfin elle se heurte aux réticences de sa famille. Sans doute aussi ne montre-t-elle pas le même empressement que son soupirant.

Désormais, Balzac se partagera entre d'épuisants allers et retours entre l'Ukraine et l'Allemagne où il retrouve Ève, et Paris où les déboires se succèdent : sa santé se détériore ; une troisième pièce, *Paméla Giraud*, ne connaît pas le succès escompté ; *Les Paysans* ne parviennent pas à être achevés (« je fais *Les Paysans* la tête dans l'opium »). À partir de 1845, Balzac écrit de moins en moins, son mariage monopolise son attention. Deux chefs-d'œuvre pourtant, qui sont le chant du cygne : *La Cousine Bette*, publié à la fin 1846, *Le Cousin Pons*, l'année suivante.

En 1846, il a acheté rue Fortunée (l'actuelle rue Balzac) une dépendance de la chartreuse Beaujon, qu'il aménage à grands frais en hôtel particulier pour y recevoir Mme Hanska. Sa situation financière ne s'arrange pas : une spéculation boursière malheureuse sur les Chemins de fer du Nord vire au désastre. Le 16 février 1848, de retour d'Ukraine où il a séjourné plusieurs mois, il assiste aux événements révolutionnaires. Sa candidature à l'Assemblée constituante est un échec, tout comme celle à l'Académie française. Il décide alors de se rendre une dernière fois à Wierzschownia, en Ukraine. Il y arrive malade, en octobre 1848. Il reste toute l'année suivante avec Mme Hanska. Enfin, le 14 mars 1850, le mariage est célébré. Mais l'état de santé de l'écrivain s'est considérablement dégradé : il souffre d'une hypertrophie cardiaque, compliquée de névralgies et d'ophtalmie. Malgré cela, il entame un interminable et terrible voyage de retour à travers l'Europe. Arrivé à Paris le 21 mai, il est contraint de s'aliter. Il meurt le 18 août. Comme Goriot, il est inhumé au Père-Lachaise, le 21 août. Victor Hugo prononce l'oraison funèbre.

VIE ET ŒUVRE D'HONORÉ DE BALZAC	CONTEXTE POLITIQUE, SOCIAL ET CULTUREL
1799 Naissance d'Honoré Balzac à Tours.	
	1804 Le code civil napoléonien.
1807 → 1813 Études au collège de Vendôme.	
	1812 La campagne de Russie.
	1815 Les Cent Jours. La Restauration.
1816 → 1819 Apprentissage du métier juridique.	1816 Première photographie de Niepce.
1822 Rencontre avec Mme de Berny.	1822 Loi sur la liberté individuelle et la presse.
	1823 Delacroix, *Les Massacres de Scio*.
1825 *Wann Chlore*, sous le pseudonyme de Saint-Aubin. Éditeur, il publie Molière et La Fontaine.	
1829 *Les Chouans*, premier roman signé Balzac.	
1830 Introduit auprès de la duchesse d'Abrantès et d'Émile de Girardin.	1830 Révolution de juillet (Les « Trois Glorieuses »).
1831 *La Peau de chagrin*.	1831 Delacroix, *La Liberté guidant le peuple*. Révolte des canuts lyonnais.
1832 *Le Curé de Tours*, *Louis Lambert*.	
1833 Première rencontre avec Mme Ève Hanska, en Suisse.	1833 Chopin, *Nocturnes*.
1834 → 1835 *Le Médecin de campagne, Eugénie Grandet, La Duchesse de Langeais, Le Père Goriot, Le Lys dans la vallée, Séraphîta, La Recherche de l'Absolu.*	1834 Soulèvements républicains à Paris et à Lyon.
	1835 Corot, *Vue de Florence*. Lois « scélérates » contre la propagande républicaine.

VIE ET ŒUVRE D'HONORÉ DE BALZAC	CONTEXTE POLITIQUE, SOCIAL ET CULTUREL
1836 Liquidation de *La Chronique de Paris*, journal qu'il avait racheté.	1836 Rude, *La Marseillaise*. Construction du chemin de fer Paris-Saint-Germain-en-Laye.
1837 → 1843 *Illusions perdues*, *César Birotteau*.	
1838 → 1847 *Splendeurs et misères des courtisanes*.	
1839 Élu président de la Société des gens de lettres.	
	1840 Établissement du système métrique en France. → 1848 Gouvernement Guizot.
1842 Apprend la mort du comte Hanski et met tout en œuvre pour revoir l'« Étrangère ». « Avant-propos » de *La Comédie humaine*.	
1844 *Modeste Mignon*, *Les Paysans* (début).	1844 Turner, *Pluie, vapeur et vitesse*.
	1845 Wagner, *Tannhauser*.
1846 *La Cousine Bette*.	1846 Fondation de l'École française d'Athènes.
1847 *Le Cousin Pons*.	
1848 Ultime tentative et nouvel échec pour entrer à l'Académie française.	1848 Révolution de Février. Proclamation de la République.
	1849 Suspension du droit d'association. Courbet, *L'Enterrement à Ornans*.
1850 Célèbre, il peut enfin épouser Mme Hanska. Il meurt d'épuisement, trois mois plus tard, à Paris, le 19 août.	1850 Vote de la loi Falloux et loi restreignant le suffrage universel.
1855 *Les Paysans* (publ. posthume).	
1869 → 1876 Édition définitive de ses *Œuvres complètes*, en 24 vol., chez Michel Lévy, puis Calmann-Lévy.	

Synthèse générale

LE TEXTE BALZACIEN ET SON CONTEXTE

Le contexte historique

• **De l'Empire à la révolution de 1848, la fresque d'une époque**

Balzac a seize ans lorsque Napoléon est vaincu à Waterloo. Son adolescence a été bercée par l'épopée impériale et le souvenir de celle-ci nourrira la mythologie napoléonienne qui court tout au long de l'œuvre. Les années de jeunesse en revanche se dérouleront sous le régime décevant de la Restauration.

En 1827, le quart de la population vivant sous l'Empire n'existe plus, le pays s'accroît de 2,5 millions d'habitants entre 1814 et 1827, le nombre des Français alphabétisés a doublé durant le même intervalle. Or, parallèlement, le suffrage censitaire exclut de la vie politique l'immense majorité des citoyens. Un électeur sur deux a plus de cinquante-neuf ans en 1824 ! Inemployée, brimée, déçue, telle est la jeunesse que décrit Balzac dans *La Comédie humaine*, à l'image du Julien Sorel de Stendhal.

Las ! La révolution de Juillet, porteuse de tant d'espérances, s'avérera tout aussi décevante. *Illusions perdues*, à travers son titre, résume bien le sentiment d'une génération. Se met en place en effet un régime d'ordre qui consacre l'alliance de la bourgeoisie d'affaires et de l'aristocratie orléaniste convertie aux vertus du capitalisme industriel. C'est le triomphe de Nucingen.

L'œuvre balzacienne est l'expression littéraire de la société issue de la Révolution française. Elle peint le nouvel ordre des choses, l'irrésistible ascension économique et politique de la bourgeoisie, l'exclusion de toute une jeunesse déclassée et désenchantée, le repli frileux d'une aristocratie provinciale fossilisée dans sa nostalgie de l'Ancien Régime (cf. *Le Cabinet des antiques*). Elle décrit, avec un réalisme cru, le règne sans partage de l'argent, devenu le seul ressort de la machine sociale.

• **Balzac et l'apparition de la presse moderne**

L'œuvre est étroitement liée à l'essor sans précédent de la presse dont elle se fait le reflet fidèle et souvent critique. De 1815 à 1847, le tirage des journaux parisiens passe de 5 000 à 180 000 exemplaires, les titres se multiplient. La mécanisation des presses, les nouveaux procédés de fabrication du papier dont *Illusions perdues* se fait l'écho, permettent de tirer davantage, tout en abaissant les prix des abonnements. En 1836, un ami de Balzac, Émile de Girardin, lance *La Presse*, acte de naissance de la presse moderne, diminuant de moitié le prix du journal et compensant le manque à gagner par l'introduction de la publicité.

Du reste, Balzac connaît de l'intérieur le monde fiévreux des journaux. Il collaborera toute sa vie à de nombreux journaux. Cette collaboration est devenue indispensable à l'écrivain s'il veut vivre de sa plume. « Codes », nouvelles, romans se succèdent donc dans les colonnes des journaux. Balzac sera même le premier à publier sur plusieurs numéros un roman, *La Vieille Fille*, en 1836, lançant la mode du roman-feuilleton. Il tentera même de posséder son propre journal, la *Chronique de Paris*.

Le contexte intellectuel : Balzac entre rationalisme et irrationalisme

• Une enfance partagée

De son père, Balzac héritera le goût éclectique pour la science. Athée, Bernard-François est un voltairien héritier des Lumières.

De sa mère, l'écrivain tiendra cette fascination pour l'occultisme et le magnétisme alors en vogue. Très tôt, il découvre dans la bibliothèque maternelle l'œuvre de Louis-Claude de Saint-Martin, « le philosophe inconnu », illuministe tourangeau, traducteur de l'œuvre du mystique Jakob Boehme.

• L'attirance pour la science

Elle se nourrit de la vaste bibliothèque du collège de Vendôme, dirigé par Jean-Philibert Dessaignes, professeur de physique et de chimie réputé. À Paris, il suit les cours de Victor Cousin, introducteur de la philosophie de Hegel en France, et les leçons sur l'histoire de Guizot. À la Salpêtrière, il assiste aux séances de magnétisme et, surtout, il se passionne pour les travaux de Cuvier et Geoffroy Saint-Hilaire. La méthode de Cuvier, c'est l'anatomie comparée, c'est-à-dire l'étude de la disposition des organes et de leur interaction chez les différentes espèces ; de celle-ci Cuvier déduit la possibilité, à partir de fragments, de reconstituer un squelette entier.

Cette volonté taxinomique se retrouvera dans la description balzacienne, qui isole, spécifie des types représentatifs d'une espèce ; dans l'analogie entre la société et la nature affirmée dans le début de l'Avant-propos à *La Comédie humaine*. À Geoffroy Saint-Hilaire, il emprunte l'idée du rôle déterminant du milieu dans la formation et la diversification des espèces. « La

Société ne fait-elle pas de l'homme, suivant les milieux [...], autant d'hommes différents qu'il y a de variétés en zoologie ? » Mais Balzac est fasciné aussi par la médecine, et notamment les progrès récents de la physiologie du système nerveux. Il lit le traité du Dr Georget, s'enthousiasme pour les travaux de Lavater, qui étudie la liaison du physique et du psychique. Grâce au Dr Nacquart, ami de la famille et vulgarisateur des idées de Gall, il découvre la phrénologie, c'est-à-dire « l'art de reconnaître les instincts, les penchants, les talents et les dispositions morales et intellectuelles des hommes et des animaux par la configuration de leur cerveau et de leur tête » (*Traité sur la nouvelle physiologie du cerveau* de Nacquart). C'est elle qui constituera l'arrière-plan théorique des portraits balzaciens.

Mais ce qu'il retirera surtout de la physiologie, c'est la confirmation de la réalité matérielle du cerveau et de la pensée. Fluide, invisible, impalpable, elle a le pouvoir de modifier le milieu en produisant des effets matériels. Télépathie, somnambulisme, hyperesthésies, décuplement des forces vitales caractériseront désormais les héros balzaciens.

• La fascination pour l'irrationnel

À Paris, Balzac rencontre le Dr Chapelain, fondateur d'une revue, *La Propagation du magnétisme animal* ; il lit *Le Vrai Messie* de Guillaume Oegger et surtout *La Nouvelle Jérusalem* de Richier, publié en 1834. Né de l'observation de certains phénomènes parapsychiques, le magnétisme conclut à l'existence de modes de perception affranchis de la conscience et de l'espace-temps, qui permettrait d'accéder à la connaissance d'une réalité différente. Il y aurait donc, en deçà des sens grossiers de l'homme, une perception plus intérieure, qui le mettrait en contact avec un ordre supérieur de réalité. Embrassant la nature dans une saisie immédiate et totale, l'homme échapperait aux limites du savoir rationnel. Toutes les *Études philosophiques* sont empreintes de ces spéculations métaphysiques, dont le point d'orgue est *Séraphîta*, le dernier recueil du cycle.

Pourtant, pour Balzac, il n'y a pas contradiction entre la science de son temps et les recherches sur le magnétisme. Il y trouvait une même tentative pour montrer l'unité du réel, cette fameuse « unité de composition » sur laquelle se fonde l'Avant-propos.

Le contexte littéraire

• Balzac et le romantisme

C'est un trait marquant de l'œuvre balzacienne que de rompre par sa forme, le roman, par son ton, volontiers satirique, avec le romantisme ambiant. La vogue est en effet, au moment où Balzac commence à écrire, à la poésie, au lyrisme, à l'épanchement du moi. Or l'écrivain se rattache davantage, par tempérament et par éducation, aux romanciers du siècle précédent, comme Diderot ou Fielding, à Rabelais, à Cervantès, à Shakespeare qu'à Chateaubriand ou Lamartine. « Hors du tillac les vieux cerveaux à bourrelet, les classiques en maillot, les romantiques en linceul et vogue la galère », proclame *La Physiologie du mariage*.

Le romantisme n'est pas pour autant absent d'une œuvre qui partage avec lui quelques-uns de ses thèmes majeurs : l'exaltation de la passion, le conflit de l'individu et du monde social, la révolte, l'aspiration à une vie plus large à la mesure des rêves.

Mais en même temps, Balzac se sépare des romantiques par son ambition de décrire la réalité sociale jusque dans les replis les plus prosaïques de la vie privée. Contre Dumas ou Vigny qui évoquent le passé, il choisit de se faire l'historien du présent. Le « je » lancinant s'efface derrière la volonté d'objectivité du récit à la troisième personne ; il s'agira désormais de « faire concurrence à l'état civil ». « *La Comédie humaine*, c'est la fin du romantisme d'élégie ou d'évasion », écrit P. Barbéris dans *Le Monde de Balzac* (p. 532).

• Balzac et le roman

Aussi Balzac choisit-il la forme romanesque, seule à même de peindre « toute la richesse et la multiplicité des intérêts, des situations, des caractères, des relations de la vie, le fond vaste d'un monde tout entier », comme l'écrivait Hegel dans l'*Esthétique*. « Le roman est la création moderne la plus immense », proclame Balzac dans *Illusions perdues*.

Mais c'est la lecture de Walter Scott qui va influencer l'œuvre de façon décisive. Comme il l'avoue dans l'Avant-propos à *La Comédie humaine*, Balzac trouve chez le romancier anglais des héros qui sont des types humains représentatifs de leur époque et non des personnages enfermés dans une psychologie étroite. Ceux-ci deviennent « une grande image du présent », exprimant les aspirations et les conflits de leur temps. Chez l'auteur d'*Ivanhoé*, il trouvera une structure narrative toute prête : une exposition, une vaste partie centrale nouant les fils du drame, un dénouement bref.

À l'influence de ce dernier, il faut ajouter celle de Fenimore Cooper et de ses romans de la prairie : *Le Dernier des Mohicans*, *La Prairie*, *Les Pionniers*, dont les références jalonnent le récit balzacien. Le personnage emblématique de Bas-de-Cuir revivra chez les grands héros de *La Comédie humaine* comme Vautrin ; l'espace sauvage de la prairie sera transposé dans l'univers parisien ou provincial.

LE RENOUVELLEMENT DU ROMAN

Le réalisme balzacien

• Balzac, historien du présent

Dans *Les Petits Bourgeois*, Balzac se présente comme « l'historien de la société française », « fidèle et complet », précisera-t-il dans *Le Cabinet des antiques*. Délaissant le projet initial d'une « Histoire de France pittoresque » à la façon de Walter Scott pour se tourner vers le présent : « La Société française allait être l'historien, je ne devais être que le secrétaire » (Avant-propos à *La Comédie humaine*). Volonté véritablement révolutionnaire qui rompt avec la littérature de son temps et constitue la première originalité de la démarche balzacienne.

Il innove encore en se séparant des historiens. Balzac ne fera pas l'histoire des grands événements et des grands hommes, il écrira « l'histoire oubliée [...], celle des mœurs » (Avant-propos).

Écrire l'histoire consistera donc à dramatiser, grâce à une intrigue et des personnages, la substance sociale. L'histoire s'enracinera dans la vie privée. Dans ce que celle-ci a de plus intime se répercuteront les événements historiques : la fortune de Goriot, l'ascension de Malin, la déchéance de Chabert. Simultanément, c'est à travers le filtre de ces existences ordinaires que la grande histoire sera vécue et perçue.

Curieusement, Balzac n'a écrit qu'un roman historique (*Les Chouans*, et c'est le premier qu'il signe) ; mais d'une certaine façon, chaque récit de *La Comédie humaine* est un roman historique. L'histoire, telle qu'elle ressort de l'œuvre balzacienne, est orpheline de l'épopée. Celle-ci ne subsiste plus que sur le mode d'une incurable nostalgie : chez les paysans du *Médecin de campagne* racontant l'épopée napoléonienne, chez Laurence de Cinq-Cygne qui vit dans le souvenir de la chevalerie, chez les vieillards pétrifiés du *Cabinet des antiques*. Il n'y a plus d'Histoire, il n'y a que des histoires ; et l'écrivain nous livre au fond toujours la même histoire, celle d'un désenchantement dont le présent est la source.

• La méthode réaliste

Elle repose sur l'observation. Le romancier est un voyeur. Observation directe, l'écrivain se rend à Fougères pour préparer *Les Chouans*, ou flâne dans la ville, comme le narrateur de *Facino Cane* : « J'allais observer les mœurs du faubourg, ses habitants et leurs caractères. » Ou indirecte, passant par le truchement du livre, étayant le récit sur une documentation minutieuse.

Pourtant l'observation ne sera jamais simple soumission au réel. Observer n'est pas regarder mais voir. Le romancier est un voyant, capable, autrement dit, de sortir de soi, « quitter ses habitudes, devenir autre que soi » (*Facino Cane*). « En entendant ces gens, je pouvais épouser leur vie », poursuit le narrateur de la nouvelle. L'observation ressemble au « rêve d'un homme éveillé ». S'emparant d'un détail, elle s'élargit en vision, devinant puis recréant une existence, un drame invisible, un intérieur. Elle ne se sépare donc pas de l'imagination. « Il se passe chez les poètes ou chez les écrivains un phénomène moral inexplicable, inouï [...]. C'est une sorte de seconde vue [...] ; je ne sais quelle puissance qui les transporte là où ils doivent être, où ils veulent être. Ils inventent le vrai par analogie » (*Introduction aux Études philosophiques*, par Philarète Chasles).

Conduite magique d'annexion du monde, l'observation est reconstruction et dépassement de celui-ci. Comme Cuvier reconstituant un squelette préhistorique à partir d'un fragment, l'écrivain recrée un univers cohérent à partir des débris du passé ou des éclats du présent : la façade écaillée du « Chat qui pelote », la maison branlante de Sauviat, l'entrée de la pension Vauquer.

• Décrire : « Rien, même une description, n'est risqué sans but » (Avertissement du *Gars*)

L'exigence réaliste imposera donc de décrire. Décrire sera d'abord recenser le présent, en dresser la nomenclature. *La Comédie humaine* est une encyclopédie de l'architecture, de l'ameublement, des vêtements, de la nourriture, des professions, etc. Mémoire d'un siècle.

Parce que les lieux et les objets sont, pour Balzac, l'extériorisation de la pensée, la sécrétion de la pensée humaine (« La vie extérieure est une sorte de système organisé qui représente l'homme aussi exactement que les couleurs du limaçon se reproduisent sur sa coquille »), la description joue un rôle explicatif, éclairant les personnages, leurs sentiments, leur passé. La demeure de Grandet, celle de Rose Cormon sont le prolongement de leur propriétaire, « maisons-corps » qui ne font qu'un avec lui. D'explicative, la description se fait symbolique.

En ce sens, elle n'est jamais une simple excroissance, mais elle rend le récit possible. Interrompant celui-ci en apparence. L'immobilisant dans l'espace, elle se creuse pour remonter dans le passé, pour laisser entrevoir derrière une façade toute une temporalité. Ou bien, comme dans les portraits (pensons parmi tant d'exemples à celui de Michu dans *Une ténébreuse affaire* ou celui de Véronique Graslin dans *Le Curé de campagne*) pour anticiper le drame.

Décrire pour Balzac ne consiste pas à photographier mais à rendre intelligible, aussi utilise-t-il des codes : la phrénologie, la physiognomonie pour les portraits par exemple. Parce que la signification des apparences se dérobe sans cesse, il faut constamment procéder à une entreprise de déchiffrement. Un visage, un corps, un lieu, ce sont d'abord des signes qu'il faut interpréter.

Le retour des personnages

- Une innovation

L'idée est venue en cours de route et c'est dans *Le Père Goriot* qu'elle est pour la première fois appliquée. Comparse dans *La Peau de chagrin*, Rastignac devient le personnage central et acquiert un passé, puisque l'action se déroule onze ans auparavant.

« On se retrouve à tout bout de champ devant les mêmes visages », déclarait Sainte-Beuve dans sa « Causerie » de novembre 1834, qui critiquait le procédé. S'il est vrai que celui-ci revêt parfois l'aspect forcé de la revue ou du défilé de silhouettes, il enrichit considérablement l'œuvre, lui conférant une cohérence supplémentaire, tissant entre les ouvrages toute une série de renvois.

- « Il n'y a rien dans ce monde qui soit d'un seul bloc, tout y est mosaïque » (Préface d'*Une fille d'Ève*)

Le véritable intérêt du procédé est ailleurs. D'abord dans la création d'un arrière-plan humain qui, tout d'un coup, élargit le récit aux dimensions d'une vaste fresque collective, grouillante de vie. « Il en est ainsi dans le monde social, vous rencontrerez dans un salon un homme que vous avez perdu de vue depuis plus de dix ans » (*idem*). Surtout les personnages se chargent d'une épaisseur, d'une complexité nouvelle. Sur leur présent se projette l'ombre de ce qu'ils furent ou de ce qu'ils seront. Le Taillefer de *La Peau de chagrin* est aussi celui qui, dans *L'Auberge rouge*, construit sa fortune sur un crime, celui qui, dans *Le Père Goriot*, abandonne Victorine à l'univers sordide de la pension Vauquer. Balzac joue constamment sur l'interpolation des temps, n'éclairant le passé d'un héros qu'après coup. « Vous aurez le milieu d'une vie avant son commencement, le commencement après sa fin, l'histoire de la mort avant celle de la naissance » (*idem*).

Aussi le personnage balzacien n'est-il qu'exceptionnellement réductible à une seule apparition, il est fait de la somme de ses résurgences successives, de ses absences, de son inexplicable disparition. Le personnage offre les aspects contradictoires ou inattendus d'une personnalité qui semble insaisissable et dont les autres renvoient des éclairages différents. Technique étonnamment moderne qui brise la transparence et la continuité psychologiques.

UN RÉALISME MYTHOLOGIQUE

Une fresque sociologique

• Splendeurs et misères de la bourgeoisie

Avec ses 2 500 personnages, *La Comédie humaine* décrit d'abord l'irrésistible ascension de la bourgeoisie, qui gagne son émancipation avec 1789: rachetant les biens nationaux, rédigeant le Code civil et ruinant la société de l'Ancien Régime. Nucingen, Keller, Du Tillet, Mongenod incarnent un capitalisme bancaire en plein essor. Les Cointet d'Angoulême, le chaudronnier Falleix des *Employés* illustrent un dynamisme industriel conquérant. Birotteau le parfumeur, Crevel, Lebas, Popinot l'ancien commis témoignent des bouleversements du commerce traditionnel. Balzac montre l'origine des fortunes bourgeoises: le démantèlement de la grande propriété aristocratique (*Les Paysans*), le rachat des biens nationaux (par Grandet ou Malin de Gondreville), la spéculation sur les vivres ou les munitions sous la Révolution ou l'Empire (c'est l'origine de la réussite de Goriot).

Parallèlement, cette bourgeoisie s'approprie le pouvoir politique en s'alliant avec la noblesse. Popinot devient pair de France, Du Tillet député, Malin sénateur.

• Heurs et malheurs aristocratiques

En face, il y a la noblesse, qui se partage en deux groupes. Celui des vaincus, repliés sur la nostalgie d'un passé aboli et qui sont en porte à faux avec leur temps: marquis d'Esgrignon, baron du Guénic, M. de Mortsauf, héritiers des Simeuse. Et puis il y a les pragmatiques, ceux qui ont pris leur parti du nouvel ordre des choses, quitte à renoncer aux valeurs de leur classe: Du Marsay, qui sera Premier ministre sous la monarchie de Juillet, Rastignac, qui finira ministre, Félix de Vandenesse devenu maître des requêtes.

• « Peuple horrible à voir, hâve, jaune, tanné » (*La Fille aux yeux d'or*)

Tout en bas, à l'arrière-plan, n'accédant jamais au statut de personnage principal, il y a le peuple. Ce « monde qui n'a rien », dernier cercle de l'enfer social. Réduit au rôle de simples comparses, pittoresques et toujours inquiétants. Et quand surgissent les paysans du *Dernier Chouan* ou des *Paysans*, ils se caractérisent par leur animalité, leur sauvagerie, lourds de menaces pour l'ordre social, facteurs de désordre. Il faudra attendre Zola pour que soit montré cet enfer-là.

• Les marginaux

Pourtant, dans les bas-fonds, ployés sous les fondations de l'édifice social, s'agitent « les classes dangereuses ». Mendiants, indicateurs, truands, courtisanes, forçats en cavale. Bien plus importants dans l'univers de *La Comédie humaine* que dans la réalité, mais visiblement fascinants pour l'écrivain. Il en dresse une monographie minutieuse, peignant ses mœurs, son langage, ses pratiques. Reliant les personnages aux conditions sociales qui les font naître : développement urbain, misère sordide, règne exclusif de l'argent, corruption, individualisme exacerbé. Face nocturne du monde social qu'incarne Vautrin, « symbole du mal social », du « peuple en révolte contre les lois ».

« La comédie inhumaine » : « Les lois, les écrits, les mœurs puent l'argent » (*Complaintes satiriques sur les mœurs de ce temps*)

L'exigence réaliste débouche donc sur un réquisitoire moral et une mise en question du monde. Fidèle à Mme de Beauséant qui conseillait à Rastignac de « traiter le monde comme il mérite de l'être ». Le réalisme ne se contente pas de « faire concurrence à l'état civil », il dévoile, met à nu la réalité sociale et ce qui la fonde : l'argent. Puissance universelle, anonyme, contre laquelle tout s'échange, ressort implacable du capitalisme qui se déploie. « La vie n'est-elle pas une machine à laquelle l'argent imprime le mouvement ? » déclare Gobseck.

Le héros en sera le jeune homme ou la jeune fille, que Balzac installe au centre de ses livres d'une façon radicalement nouvelle. C'est à travers leur regard, leur trajectoire, que le réel se découvre au lecteur dans sa brutalité. Athanase Granson, Lucien de Rubempré, Rastignac, Eugénie Grandet, Ursule Mirouët, Victor d'Esgrignon, Raphaël Valentin feront pour nous l'expérience de la souffrance et du renoncement. Ils incarnent le drame d'une jeunesse qui ne trouve pas à s'employer dans le monde social, dans une société bloquée qui ne répond pas à ses attentes.

Le drame des personnages balzaciens naît de cette inadéquation entre leurs désirs et les possibilités objectives que leur offre le monde. Voulant plus que ce qu'ils peuvent, ils sont voués à l'échec. Acculés au suicide comme Raphaël, Lucien, Athanase Granson ou Esther la courtisane. Réussissant mais au prix du renoncement à leur idéal comme Rastignac, Eugénie Grandet, Augustine de Sommervieux, Victor d'Esgrignon. Spoliés comme David Séchard ou Pierrette.

De là ce pessimisme qui émane de *La Comédie humaine*. Celle-ci dépeint une société de transition, un monde éclaté, bric-à-brac que ne vient plus ordonner une quelconque transcendance : « La France porte un habit d'Arlequin » (*idem*). Le roman ne faisant que dire cette impossible cohérence du réel.

« Une mythologie réaliste » (P. Barbéris)

Inlassablement, Balzac recourt au mythe. Puisant dans la Bible (Caïn, Satan, l'Ange, le Christ), dans la mythologie antique (Prométhée, Vulcain, Icare) ou européenne (Faust, Dom Juan), contribuant aux mythes de son époque (Napoléon), forgeant ses propres mythes (la paternité, la peau de chagrin). Qu'il soit utilisé pour sa trame narrative (les schémas récurrents de l'initiation, de la tentation, de la chute, du parricide, de la rivalité fraternelle) ou pour ses archétypes humains (l'ange déchu, le révolté, l'androgyne), il n'est jamais ornement. Figures et situations mythiques font ressortir l'élément dramatique, conflictuel de la vie collective.

Le passage au mythe n'est jamais échappée vers le surnaturel, mais accomplissement du réalisme. Exploration quasi hallucinatoire de sa profondeur inquiétante. Les plus fantastiques des héros balzaciens sont reliés à un passé trivial : Séraphîtus est le fils d'un cordonnier londonien, Vautrin un forçat homosexuel, le dieu-Gobseck un vieil avare qui vit dans une maison sordide de la rue des Grès. Le réalisme de Balzac n'est pas d'ordre monographique, mais radiographique, reposant moins sur l'observation que sur la vision. Grâce au mythe, l'écrivain « invente le vrai par analogie » (Introduction aux *Études philosophiques*).

Les grandes œuvres

Aux sources de la création

Les œuvres de jeunesse (1819-1829)

Premières ébauches

En août 1819, Balzac s'installe dans la mansarde de la rue Lesdiguières ; il s'attelle à la littérature et commence à écrire pour le théâtre. Le théâtre, parce que le roman est alors considéré comme un genre mineur, méprisé, destiné aux cabinets de lecture, et par conséquent moins rémunérateur. Balzac rédige une pièce en cinq actes et en vers : *Cromwell*. C'est un échec, l'œuvre n'est ni publiée ni représentée. Une seconde pièce, *Le Nègre*, connaît le même sort.

Simultanément, il nourrit le rêve d'un essai philosophique. Il commence un « Discours sur l'immortalité de l'âme » qui restera à l'état d'ébauche, comme son « Essai sur le génie poétique ».

Balzac se tourne alors vers le roman. « Agathise », « Falthurne », « Sténie ou les Erreurs philosophiques », « Corsino », « Une heure de ma vie » se succèdent entre 1819 et 1825. Tous demeurent inachevés et ne seront pas publiés. Le troisième, un roman épistolaire (genre alors prestigieux), est le plus abouti. C'est l'histoire romantique d'une passion contrariée, sur le modèle des *Souffrances du jeune Werther* de Goethe. Job Ryès est séparé de Sténie qu'il aime, mais qui est mariée à un autre homme, qu'elle n'aime pas. Déjà se met en place le thème balzacien de la femme mal mariée. Quant à Job, c'est un enfant du siècle, bien avant Raphaël Valentin. Derrière la situation romanesque se profile le mariage de Laurence Balzac avec Montzaigle conclu en juillet 1821. Comme dans les œuvres ultérieures, la tribu Balzac fournira sa substance à l'intrigue.

Les œuvres achevées

Parallèlement, Balzac mène à bien une série de romans : *L'Héritière de Birague* publié chez Hubert à la fin 1821, *Jean-Louis ou la fille trouvée*, chez le même éditeur l'année suivante, *Clotilde de Lusignan*, toujours en 1822 chez Hubert encore. Ce premier cycle, où domine la veine scottienne (le premier et le troisième récit sont des romans de chevalerie), conserve le ton satirique et parodique des romans gais de Pigault-Lebrun.

Une deuxième vague succède, publiée cette fois chez Pollet, plus intéressante parce que davantage nourrie de l'expérience personnelle de son auteur. *Le Vicaire des Ardennes* (novembre 1822) est assez bien accueilli. Œuvre riche de résonances autobiographiques : l'amour de Joseph pour sa sœur Mélanie transpose l'affection d'Honoré pour Laure ; la passion de Mme de Rosann pour le jeune homme devenu prêtre porte l'empreinte de la liaison de l'écrivain et de Mme de Berny. L'image maternelle s'installe déjà au centre de l'imaginaire balzacien. Enfin apparaît le personnage d'Argow le pirate, lointain modèle de Vautrin, mutin reconverti en « riche capitaliste de la Chaussée d'Antin ».

Le Centenaire, la même année, aborde une des situations cardinales de l'œuvre à venir : le jeune homme partagé entre deux images antithétiques de la femme : Mme de Raventsi, l'initiatrice sensuelle, et Marianine, la jeune femme angélique. Surgit aussi la figure récurrente désormais du vieillard, porteur d'un désir d'immortalité et de connaissance.

L'année suivante paraît *La Dernière Fée*. Nouvel échec après *Le Centenaire*. Le couple féminin réapparaît (la duchesse de Sommerset et Catherine). Remanié et publié plus tard, *Wann Chlore* est une œuvre plus forte qui annonce les « Scènes de la vie privée ». Au centre, Eugénie d'Arneuse qui épouse un homme au passé mystérieux : Horace Landon. Celui-ci la quitte, lorsqu'il retrouve Wann Chlore. La figure de la mère hostile (Mme d'Arneuse, la mère d'Eugénie), le thème de la femme abandonnée et du suicide (celui d'Horace) s'installent comme autant de constantes de l'œuvre balzacienne.

Enfin, publié en avril 1824, *Annette et le criminel*, la suite du *Vicaire des Ardennes*. Premier retour d'un personnage, celui d'Argow, le révolté qui épouse une jeune bourgeoise du Marais (*cf. La Maison du chat qui pelote*). Comme plus tard Vautrin dans *Le Père Goriot*, il sera démasqué et arrêté. Jugé, il est exécuté. Emprunté à Walter Scott (*Le Pirate* est traduit en 1822) et aux figures romantiques du hors-la-loi (*Le Corsaire* de Byron), il exprime ici une mise en question du monde social.

Le temps des pseudonymes

Durant toute cette période, Balzac multiplie les pseudonymes : l'abbé Savonati et son pseudo-traducteur Matricante pour « Agathise » et « Falthurne », Lord R'Hoone pour « Une heure de ma vie » et *Clotilde de Lusignan*, Viellerglé et Lord R'Hoone pour *L'Héritière de Birague*. Les quatre livres publiés chez Pollet le seront sous le nom d'Horace de Saint-Aubin. Il faut attendre 1829 et *Le Dernier Chouan* pour voir Balzac signer une œuvre. Toutefois l'Avertissement de 1828 au *Gars*, titre primitif, recourt-il encore à un pseudonyme : Victor Morillon. L'épisode révèle les incertitudes de l'écrivain sur la valeur de ce qu'il venait d'écrire, mais en même temps le choix du patronyme traduit une volonté : celle d'en finir avec la littérature commerciale, de liquider Lord R'Hoone et Horace de Saint-Aubin et de commencer quelque chose de neuf. Balzac s'apprête à entrer dans l'arène littéraire à visage découvert, non sans hésitations : « Si l'on est condamné à monter sur les tréteaux, il faut se résoudre, il est vrai, à y faire le charlatan, mais sans emprunter de mannequin » (Avertissement au *Gars*).

Sans doute se joue-t-il beaucoup de choses sous ce choix, qui ressortissent au plus intime de l'écrivain ; et d'abord ce rapport au père, qui alors se meurt. *Les Chouans* paraissent en avril, il disparaît le 19 juin. L'écrivain, en assumant le nom du père, se pose comme l'héritier légitime, le seul, puisque Henri est le fils d'un autre.

Du roman au système

La genèse de *La Comédie humaine*

L'idée de rassembler les œuvres dans un même ensemble intitulé *La Comédie humaine* n'a pas préexisté à la conception et à la rédaction de la plupart des ouvrages réunis ensuite par Balzac sous ce titre. C'est une idée, née en cours de route, qui va, rétrospectivement, conférer à ces textes d'abord épars leur cohérence. Il faut en effet attendre 1840 pour trouver mention de ce vaste projet, soit onze ans après le premier roman signé du nom de Balzac, *Le Dernier Chouan*.

Ce titre, il l'emprunte au Dante de *La Divine comédie*. L'écrivain se veut le Dante de son siècle, peignant les enfers de son époque, le purgatoire des vies ordinaires et gâchées et le ciel improbable d'un absolu auquel aspirent Louis Lambert ou Séraphîta. Comédie d'un monde sans dieu où se côtoient l'humour et le drame.

La Comédie humaine est donc le produit d'une longue maturation de l'écrivain. Elle a son origine dans les « Scènes de la vie privée », noyau initial de l'œuvre, qui regroupe six nouvelles publiées en avril 1830. Parallèlement, Balzac s'attelle à *La Peau de chagrin*, multiplie les collaborations avec les revues, publiant de nombreuses nouvelles qui prendront ensuite place dans *La Comédie humaine*.

1833 est une année décisive. S'il n'abandonne pas le cadre restreint de la nouvelle, le romancier revient aux romans de dimensions plus ambitieuses, notamment *Louis Lambert* et *Eugénie Grandet*. Surtout, il conçoit un projet plus vaste que celui des « Scènes de la vie privée » : les *Études de mœurs au XIXe siècle* pour lequel il signe, en octobre, un contrat avec Mme Béchet. Il s'agit de douze volumes divisés en trois cycles : « Scènes de la vie privée », « Scènes de la vie de province », « Scènes de la vie parisienne ».

Le projet se précise l'année suivante, comme en témoigne une lettre à Mme Hanska du 26 octobre. L'œuvre comprendra trois grands volets : les *Études de mœurs au XIXe siècle*, qui regroupera les trois « Scènes » précédentes, les *Études philosophiques*, les *Études analytiques*, ces dernières réunissant des titres déjà publiés et d'autres en gestation. La volonté se fait jour d'exposer un système qui, après avoir dépeint les effets (les *Études de mœurs*), remontera aux causes (les *Études philosophiques*), puis aux principes (les *Études analytiques*). La même année, resserrant le lien entre ces ouvrages disparates, Balzac inaugure le retour des personnages : c'est *Le Père Goriot*. En avril 1835, Félix Davin rédigeait une longue

Introduction aux Études de mœurs au XIXe siècle, qui justifiait l'armature du système.

En 1841, l'écrivain conclut le traité pour la publication de *La Comédie humaine*. Le prospectus paraît le 10 avril 1842, la première livraison le 16, l'Avant-propos en juillet. En 1846, l'éditeur Furne annonce l'achèvement de la publication de l'œuvre en seize volumes. Le dix-septième paraîtra en 1848, le dernier, comprenant notamment *La Dernière Incarnation de Vautrin*, à titre posthume, en 1855.

Le plan de *La Comédie humaine*

91 ouvrages sur les 137 prévus.

2209 personnages, dont 515 reviennent dans des romans différents.

ÉTUDES ANALYTIQUES

La Physiologie du mariage (1829).

Petites Misères de la vie conjugale (fragments) (1845).

Trois autres projets.

ÉTUDES PHILOSOPHIQUES

La Peau de chagrin (1831).

Le Chef-d'œuvre inconnu (1831).

Louis Lambert (1832).

La Recherche de l'absolu (1834).

Un drame au bord de la mer (1834).

Melmoth réconcilié (1835).

et une vingtaine d'autres romans et projets.

ÉTUDES DE MŒURS

Scènes de la vie privée	Scènes de la vie de province	Scènes de la vie parisienne	Scènes de la vie politique	Scènes de la vie militaire	Scènes de la vie de campagne
Gobseck (1830) *La Femme de trente ans* (1831-33) *Le Colonel Chabert* (1832) *Le Père Goriot* (1834-35) *Béatrix* (1839-44) *Albert Savarus* (1842) *Honorine* (1843) *Modeste Mignon* (1844) et une vingtaine d'autres romans et projets	*Le Curé de Tours* (1832) *Eugénie Grandet* (1833) *L'Illustre Gaudissart* (1833) *Le Lys dans la vallée* (1835-36) *Le Cabinet des antiques* (1836-38) *Illusions perdues* (1837-43) *Ursule Mirouët* (1841) *La Muse du département* (1842) *La Rabouilleuse* (1841-42) et sept autres romans et projets	*Sarrasine* (1831) *Ferragus* (1834) *La Fille aux yeux d'or* (1834-35) *La Duchesse de Langeais* (1834-35) *Facino Cane* (1836) *César Birotteau* (1837) *La Maison Nucingen* (1838) *Un prince de la bohème* (1840) *L'Envers de l'histoire contemporaine* (1842-43) *Splendeurs et misères des courtisanes* (1838-47) *La Cousine Bette* (1846) *Le Cousin Pons* (1847) et sept autres romans et projets.	*Un épisode sous la Terreur* (1830) *Z. Marcas* (1840) *Une ténébreuse affaire* (1841) *Le Député d'Arcis* (1847) et quatre autres projets	*Les Chouans* (1829) *Une passion dans le désert* (1830) et une vingtaine d'autres projets	*Le Médecin de campagne* (1833) *Le Curé de village* (1839) *Les Paysans* (inachevé, 1844) et deux autres projets

N.B. : Les dates retenues sont celles de la première publication, ou celles du début et de la fin de la publication.

La Comédie humaine

Scènes de la vie privée

PRÉSENTATION DU CYCLE

Les archives de l'intimité

Les « Scènes de la vie privée » sont constituées d'un noyau initial de six nouvelles publiées en avril 1830 : *La Vendetta*, *Les Dangers de l'inconduite* (*Gobseck*), *Le Bal de Sceaux*, *Gloire et malheur* (*La Maison du chat qui pelote*), *La Femme vertueuse* (*Une double famille*), *La Paix du ménage*. Trois ans plus tard, Balzac conçoit le projet des *Études de mœurs au XIXe siècle*, première esquisse de *La Comédie humaine*, dans laquelle viendront se ranger, aux côtés des « Scènes de la vie privée », les « Scènes de la vie de province » et les « Scènes de la vie parisienne ». La publication des *Études de mœurs* s'échelonnera de décembre 1833 à l'été 1837. Les « Scènes de la vie privée » sont alors devenues entre-temps un ensemble beaucoup plus vaste qui, dans le Catalogue de 1845, sera numériquement le plus important de *La Comédie humaine*, avec ses 32 romans annoncés et ses 28 parus.

L'objet de ces premières « Scènes » est défini dans l'*Introduction aux Études de mœurs au XIXe siècle* de Félix Davin : il s'agit de décrire « la vie privée prise dans les derniers développements de la puberté qui finit et les premiers calculs d'une virilité qui commence ». Le romancier se fait sociologue, se donnant pour tâche de décrire ce qui ne l'avait pas été jusque-là : la sphère intime, affective, matérielle et secrète dans laquelle s'enracine l'existence individuelle. Chaque roman évoquera donc un microcosme familial et social, comme celui qu'observe clandestinement Théodore de Sommervieux à travers les fenêtres de *La Maison du chat qui pelote*. « Jamais romancier n'était entré avant lui aussi intimement dans cet examen de détails et de petits faits », déclare F. Davin (p. 1154).

Or, au milieu de cet archipel d'univers clos – la pension Vauquer, la propriété havraise des Mignon, l'hôtel des Fontaine, une boutique de la rue Saint-Denis – que rencontre le romancier ? La souffrance engendrée par les innombrables drames secrets qui sont l'étoffe de la vie privée. Spoliations (*Le Père Goriot*, *Le Colonel Chabert*), adultères (*Une fille d'Ève*), abandons (*La Femme abandonnée*), incompréhensions (*La Femme de trente ans*, *La Maison du chat qui pelote*), ruines (*Gobseck*), etc. Avec, au centre de ce cycle, le mariage et ses déboires.

Car Balzac situe ses personnages à cette période charnière où « la vie devient sérieuse, les intérêts positifs contrecarrent à tout moment les passions violentes aussi bien que les espérances les plus naïves » (*Introduction aux Études de mœurs*). Sortant de la sphère familiale, les héros découvrent, désenchantés, le monde social : « Les désillusionnements commencent, ici se révèlent les frottements du mécanisme social » (*idem*).

La femme dans tous ses états

Avec, au centre de ces « Scènes », la femme, dont chaque récit illustre les différentes étapes de la vie : la sortie de l'adolescence (*Modeste Mignon*, *Mémoires de deux jeunes mariées*), le mariage (*Le Bal de Sceaux*, *La Maison du chat qui pelote*, *Le Contrat de mariage*), la maturité (*La Femme de trente ans*). Ou bien l'un des aspects de la condition féminine : l'épouse (*Une double famille*, *La Paix du ménage*) ; la mère (*La Grenadière*), la femme adultère (*Gobseck*), l'amante délaissée (*La Femme abandonnée*), etc. Balzac observe, en juriste et en moraliste, la nouvelle situation de la femme, telle qu'elle a été transformée par la Révolution et le Code civil, sa place dans la société bourgeoise où l'individu-roi prime la famille.

Le bilan est sombre. Mal préparée à son futur état d'épouse et de mère, la jeune fille est la victime du mariage et d'une société. Nourrie d'illusions romanesques au pensionnat, comme Renée de Maucombe (*Mémoires de deux jeunes mariées*), elle devra renoncer à ses rêves. Trop vertueuse en raison d'une éducation inadaptée, comme la belle Angélique Granville d'*Une double famille*, elle pousse son mari à l'adultère. Imbue de ses préjugés de classe, l'orgueilleuse Émilie de Fontaine refusera un mariage d'amour avec Maximilien de Longueville et finira par épouser un vieillard (*Le Bal de Sceaux*). Supérieure par ses qualités, Mme de Beauséant sera trahie par le médiocre Gaston de Nueil (*La Femme abandonnée*). Veut-elle sortir de sa classe, comme Augustine Guillaume, l'héroïne de *La Maison du chat qui pelote* qui épouse un artiste, ou comme Anastasie Goriot qui épouse M. de Restaud (*Gobseck*), leur mariage est un échec.

On le voit, le mariage est le véritable centre de gravité des « Scènes de la vie privée », objet et enjeu d'une longue série de drames domestiques. Traversé qu'il est par l'argent, moteur de ces tragédies privées. Paul de Manerville sera ruiné par sa belle-mère, Mme Évangélista, au terme d'une bataille juridique dont l'enjeu est le contrat de mariage, titre du roman. Le noyau dramatique du récit est ici la rédaction d'un acte juridique qui va, à la manière de la fatalité antique, déterminer la vie des époux et briser leur amour. Ce que veut montrer Balzac, c'est « le crime moral » parfait qui, sous le manteau de la légalité, utilisant toutes les ressources du code, dépouille un être.

Le Colonel Chabert

Genèse et publication

Une première version paraît dans *L'Artiste* au printemps 1832, sous le titre *La Transaction*. Modifiée par l'auteur pour figurer dans l'édition des *Études de mœurs au XIXe siècle* de 1835, elle reçoit un nouveau titre : *La Comtesse à deux maris*. Le titre définitif n'apparaît que dans la troisième édition, pour *La Comédie humaine* en 1844. Mais l'ouvrage appartient alors aux « Scènes de la vie parisienne ». Il faut attendre le Catalogue de 1845 pour le trouver à sa place actuelle. L'œuvre connaît un vif succès et, quatre mois après sa parution, elle est adaptée au théâtre par J. Arago et L. Lurine.

Le thème en soi n'est pas original et le romancier l'emprunte à l'actualité et à la littérature du temps. Il s'alimente en outre à la prédilection balzacienne pour l'univers militaire, déjà évoqué dans *Le Dernier Chouan*, et à sa fascination pour l'épopée impériale. Il reprend enfin un des grands motifs de son imaginaire, la femme infidèle.

RÉSUMÉ

L'histoire est simple et brève. Elle commence en février 1818 : un homme vêtu misérablement entre dans l'étude de l'avoué Derville. Il s'agit du colonel Chabert, comte d'Empire, déclaré mort à la bataille d'Eylau en 1807. Ayant survécu miraculeusement à ses blessures, il revient, dix ans après, réclamer son titre, ses droits et sa femme. Or celle-ci, entre-temps, s'est remariée avec le comte Ferraud. Pour ne pas compromettre sa nouvelle situation, elle refuse de reconnaître son ancien mari. Généreusement, l'avoué se propose d'aider le soldat en proposant une transaction à son ex-épouse.

Découvrant les manœuvres sordides de celle-ci, Chabert renonce à ses droits et disparaît de la circulation. En 1840, alors qu'il s'apprête à quitter Paris après avoir vendu sa charge, Derville retrouve le colonel Chabert à l'hospice de Bicêtre.

COMMENTAIRE

Un roman de la vie privée

Le héros de cette « scène » est original, dans la mesure où il s'agit d'un militaire, et c'est le seul de ce premier cycle. Quittant la scène de l'histoire, il retrouve la vie privée ; mais celle-ci a changé, et sa femme appartient à un autre et il est dépossédé de sa fortune. Chabert est à cheval sur deux mondes : l'un écroulé, l'autre bien réel et décevant. Il lui faut donc, s'il veut vivre, s'intégrer dans ce dernier et par là même en accepter les règles, en l'occurrence une transaction. Accepter aussi que les sentiments, les souvenirs soient hors jeu. Or, le vieil homme renonce de lui-même à la médiation tentée par Derville.

La nouvelle se rattache encore aux « Scènes de la vie privée », parce que Balzac a installé au centre de son récit – lieu de passage obligé de la réinsertion de Chabert dans la société civile – l'étude de Derville. Avec ses meubles, ses dossiers crasseux, ses clercs malicieux et indifférents. Le vocabulaire lui-même est empreint d'un juridisme pesant et parodique auquel le soldat demeure étranger. Là où il donne sa parole, sa femme exige un acte juridique : « Songez donc que vous devriez renoncer à vous-même et d'une manière authentique ? ... – Comment, dit le colonel, ma parole ne vous suffit pas ? » Le droit a envahi la vie, devenant l'armature des rapports humains.

Le roman de mœurs

Derrière l'intrigue privée se profile un tableau impitoyable de la Restauration. Avec ses exclus, les survivants de l'armée impériale comme Chabert et son logeur Vergniaud, réduits à la misère. Et ses profiteurs, comme les Ferraud. Ancien émigré, le comte, « préoccupé par les soins d'une ambition dévorante », aspire à la paierie. Veuve d'un comte de l'Empire, ancienne prostituée, Rosine Ferraud s'est intégrée par son remariage à l'aristocratie du faubourg Saint-Germain. Elle incarne cette fraction de la noblesse d'Empire qui s'est adaptée au nouvel ordre des choses : « Le colonel avait connu la comtesse de l'Empire, il revoyait la comtesse de la Restauration. » Mais elle ne peut se maintenir que grâce à la fortune héritée de Chabert : « Elle conçut d'attacher le comte à elle par le plus fort des liens, par la chaîne d'or, et voulut être si riche que sa fortune rendît son second mariage indissoluble. »

Son avarice sordide et son ingratitude la rattachent à la Foedora de *La Peau de chagrin*, nouvelle incarnation de « la femme sans cœur » et emblème de la société du drapeau blanc. Et le réquisitoire impitoyable contre la Restauration s'achève sur une ultime tirade de l'avoué Derville qui clôt la nouvelle : « Nos études sont des égouts qu'on ne peut pas curer [...]. Paris me fait horreur. »

Le retour et l'exil

Enfin il y a Chabert, représentant d'un monde aboli qui n'a plus sa place dans la société de la Restauration. Avec son « vieux carrick », qui témoigne de son appartenance à une époque révolue, c'est un vestige qui fait son entrée, sous les quolibets des clercs, dans l'étude de Derville. Chabert est un revenant, un mort vivant, spectre du passé revenu hanter un présent qui ne le reconnaît plus et dont il est la mauvaise conscience. Le récit macabre de son inhumation et de sa résurrection confère au personnage une dimension fantastique, dont son portrait est l'écho : « Ses yeux paraissent couverts d'une taie transparente [...]. Le visage pâle, livide, et en lame de couteau semblait mort. »

Déjà mort, il meurt une deuxième fois en revenant au milieu des vivants : « Maintenant je suis enterré sous des vivants, sous des actes, sous des faits, sous la société tout entière, qui veut me faire rentrer sous terre. » La Restauration est le fossoyeur de l'Empire et le présent refoule le passé qui tente de revenir. « Les morts ont donc bien tort de revenir ? » se demande Chabert. Repoussé par sa femme, condamné pour vagabondage, il finira gâteux à l'asile. L'honneur, le sentiment de ses droits, les rêves de gloire n'ont plus leur place dans un monde régi par l'argent. Chez Walter Scott, le héros pouvait encore revenir et récupérer ses droits dans une société qui l'attendait, comme Ivanhoé. Chez Balzac, le retour débouche sur un exil. Comme le René de Chateaubriand, Chabert est un exilé et un vaincu. Spolié, il renonce même à son nom : « Je ne réclamerai jamais le nom que j'ai peut-être illustré. Je ne suis plus qu'un pauvre diable nommé Hyacinthe. »

La société que peint Balzac n'est porteuse d'aucun avenir, enfermée dans un présent livré au jeu interminable et monotone de l'argent. Tel est le sens de la tirade finale de Derville avec la litanie de ses « j'ai vu », énonçant la liste des crimes accomplis quotidiennement et en toute légalité, et qui s'achève à l'adresse de son successeur Godeschal par un « vous allez connaître ces jolies choses-là, vous ».

Le Père Goriot

Genèse et publication

Le Père Goriot paraît en quatre livraisons, les 14 et 28 décembre 1834 et 25 janvier et 11 février 1835 dans *La Revue de Paris*. La première mention de l'œuvre figure dans une lettre à sa mère du 28 septembre 1834. Le 18 octobre, il écrit à Mme Hanska : « Ce à quoi vous ne vous attendez point, c'est *Le Père Goriot*, une maîtresse œuvre ! » Celle-ci est écrite dans l'urgence en quatre mois, laissant son auteur, ainsi qu'il l'avoue lui-même, comme « un pauvre cheval fourbu, sur le flanc » (lettre à Zulma Carraud, du 25 décembre).

RÉSUMÉ

L'action se déroule sous la Restauration, de la fin du mois de novembre 1819 au 21 février 1820. Découpée en six chapitres, elle obéit à une construction dramatique en trois actes. Une exposition qui s'étend sur deux jours. D'abord une présentation de la pension Vauquer, de son décor mesquin et de ses pensionnaires. Trois personnages se détachent : Rastignac, jeune aristocrate charentais venu faire son droit à Paris, Vautrin, homme énigmatique aux occupations nocturnes et douteuses, Goriot, vieux rentier aux allures mystérieuses. Le lendemain, Rastignac, qui cherche à pénétrer dans la haute société parisienne, rend deux visites : l'une à Mme de Restaud, rue du Helder, l'autre à sa cousine Mme de Beauséant, faubourg Saint-Germain. Plus diluée, la deuxième partie s'étend sur deux mois. Elle relate les progrès mondains de Rastignac, sa liaison avec Delphine de Nucingen ; les propositions de Vautrin, qui offre au jeune homme les moyens de faire fortune en épousant Victorine Taillefer, une des pensionnaires.

La troisième partie, plus resserrée dans le temps – elle ne dure que huit jours –, est riche en péripéties : la veuve Michonneau et Poiret, deux autres pensionnaires, en réalité deux espions de la police, tendent un piège destiné à démasquer Vautrin, ancien bagnard en cavale. Le lendemain, les événements se précipitent : on apprend la mort du fils Taillefer, commanditée par Vautrin, faisant ainsi de Victorine l'héritière d'une fortune considérable ; peu après, Vautrin est arrêté. Le surlendemain, alors qu'Eugène de Rastignac et Goriot s'apprêtent à emménager rue d'Artois, le vieillard reçoit la visite de ses deux filles Anastasie de Restaud et Delphine de Nucingen. La première est à la merci de son mari, qui la somme de renoncer à sa fortune pour prix de son silence sur sa conduite passée ; la seconde voit sa fortune compromise par les spéculations immobilières de son époux. Brisé par ses révélations, Goriot liquide ses derniers biens pour régler les dettes de ses filles et entre en agonie. Celle-ci dure trois jours. Veillé par le seul Rastignac, il est enterré au Père-Lachaise ; ses filles n'assistent pas à la cérémonie.

COMMENTAIRE

Une « obscure mais effroyable tragédie parisienne »

La composition du roman est résolument théâtrale, comprenant une exposition largement descriptive (les deux premiers chapitres), un drame (les chapitres 3, 4, 5), un dénouement (le dernier chapitre). Avec une quadruple intrigue, dont le fil (et le fils) conducteur est Rastignac, qui assure le passage entre les deux sphères contrastées de la pension Vauquer et de la haute société parisienne.

La première intrigue, dont le jeune homme est le centre, reproduit les étapes d'une initiation, qui va faire de l'étudiant pauvre et candide un homme ambitieux renonçant à ses illusions de provincial naïf.

La deuxième intrigue a pour pivot le père Goriot : le mariage de ses deux filles pour lesquelles il s'est sacrifié se retourne contre lui et entraîne sa mort.

Le troisième fil du drame, c'est Vautrin, qui fait ici sa première apparition et qui intervient dans la vie de Rastignac et de Victorine Taillefer. Son arrestation interrompt momentanément sa trajectoire, que viendront éclairer les romans ultérieurs.

Quatrième et dernier plan enfin, le destin pathétique de Mme de Beauséant, qui découvre au début du livre qu'elle est trompée par son amant, M. d'Ajuda Pinto, et qui donne à la fin du récit un dernier bal avant de quitter Paris pour s'exiler en province et renoncer au monde.

La cohérence de l'ensemble est assurée par le jeu de symétries et d'oppositions qui commande la narration. Aux deux visites de Rastignac, dans la deuxième partie, à Mme de Restaud et Mme de Beauséant répondent les deux visites des filles Goriot à la pension Vauquer, dans la cinquième partie. Lorsque le jeune provincial se rend chez Mme de Beauséant pour la première fois, il y rencontre Mme de Langeais ; il retrouve celle-ci à la fin du bal. De la même façon, les lieux s'opposent : la pension à l'univers aristocratique entrevu par Rastignac, l'hôtel prétentieux de Mme de Restaud au luxe élégant de celui de Mme de Beauséant, le bas de la colline Sainte-Geneviève où est construite la pension et les hauteurs finales du Père-Lachaise d'où Rastignac défie Paris.

Un roman d'apprentissage

Le roman relate une initiation qui dure trois mois. Celle d'un jeune provincial plein d'ambition et d'illusion qui monte à Paris pour faire fortune. Ne croyant d'abord qu'aux vertus du travail et du génie – « Je veux travailler noblement, saintement [...] ne devoir ma fortune qu'à mon labeur » – il découvre que les clés de la réussite sont ailleurs, car « l'honnêteté ne sert à rien », comme le dit Vautrin. Retenant les leçons terribles de Mme de Beauséant – « N'acceptez les hommes et les femmes que comme les chevaux de poste que vous laisserez crever à chaque relais, vous arriverez ainsi au faîte de vos désirs » –, il fera de la belle Delphine le tremplin de son ascension sociale.

En trois mois, Rastignac passe de l'état de jeune homme naïf et pur à l'âge d'homme ; et ce qu'il enterre en même temps que Goriot, ce sont les illusions de sa jeunesse : « Il regarda la tombe et y ensevelit sa dernière larme de jeune homme. » Tout apprentissage se fait dans la souffrance et le renoncement.

Cependant la métamorphose du naïf en arriviste cynique n'est pas le produit d'une perversion personnelle mais celui d'un apprentissage douloureux et brutal du monde. « Quelque mal que l'on dise du monde, crois-le ! il n'y a pas de Juvénal qui puisse en peindre l'horreur, couverte d'or et de pierreries », déclare-t-il à Bianchon. Et cet apprentissage passe par le regard. Tout au long du récit, Rastignac regarde, véritable œil vivant qui observe la vie secrète de la pension ou les intrigues du faubourg Saint-Germain. À plusieurs reprises, il est le témoin clandestin volontaire ou involontaire des multiples drames qui se jouent : « Il approcha son œil de la serrure, regarda dans la chambre et vit le vieillard. » Rastignac est un voyeur, spectateur d'une société dont « ses yeux de lynx » percent les masques.

Un récit d'initiation

Par la dimension fantastique que lui insuffle Balzac, l'apprentissage revêt un aspect initiatique. Tout le livre est le récit d'un choix. Rastignac est à un carrefour : « Voilà le carrefour de la vie, jeune homme, choisissez », lui dit Vautrin. Choix entre « parvenir à tout prix », et donc par tous les moyens, ou n'attendre la réussite que de soi et de son travail, c'est-à-dire de sa propre valeur. Alternative essentiellement morale entre le mal et le bien, entre la loi qui commande le succès à Paris et la loi maternelle et provinciale. C'est ce constant tiraillement qui fait du héros bien plus qu'un arriviste. Or ce choix, il n'est opéré qu'à la fin du roman, lorsque Rastignac dit à Bianchon qui, lui, a opté pour le travail et la patience : « Va, poursuis la destinée modeste à laquelle tu bornes tes désirs. Moi, je suis en enfer, et il faut que j'y reste. » *Le Père Goriot* est donc bien le récit d'une crise morale qui se résout par le renoncement à l'innocence.

Mais cette vérité sociologique prend une tournure fantastique avec le personnage du forçat : « démon », « tentateur », « son regard était celui de l'archange déchu qui veut toujours la guerre ». Collin est « un poème infernal », associé dans la description aux rougeoiements de l'enfer, avec ses « cheveux rouge brique » et sa tête et sa face « illuminées comme si les feux de l'enfer les eussent éclairées ». Vautrin est Satan, incarnation de la révolte contre l'ordre social dont il dénonce l'hypocrisie : « Voilà la vie telle qu'elle est. Ça n'est pas plus beau que la cuisine, ça pue tout autant. » Comme le Méphisto de Goethe, il offre au provincial ébloui les trésors de la terre, une vie de puissance et de jouissances. Immortel par son surnom de Trompe-la-mort, détenteur des secrets parisiens (« J'ai les secrets de bien des hommes »), multiple par ses identités, il bénéficie d'une sorte d'ubiquité qui fait de lui un dieu. Mais une figure négative du dieu chrétien : non seulement il prétend s'égaler à lui, mais il se substitue à la providence : « Moi, je me charge du rôle de la Providence, je ferai vouloir le bon Dieu. »

Cet éclairage fantastique se retrouve dans l'évocation de Paris. La ville est un « enfer », un « égout », un « bourbier », un « océan de boue ». Autant d'hyperboles qui dramatisent la description et contribuent à donner à cette initiation de Rastignac une dimension mythique, celle d'une descente aux enfers. Le roman s'ouvre sur l'évocation crépusculaire des catacombes, auxquelles est associée la description de la rue Neuve-Sainte-Geneviève, et s'achève sur la scène du cimetière du Père-Lachaise. Résumant ainsi la trajectoire du héros, qui apparaît ainsi comme un nouveau damné. « Moi, je suis en enfer, et il faut que j'y reste. »

Le roman de la paternité

L'intrigue s'inspire pour l'essentiel du *Roi Lear* de Shakespeare. Comme le vieux roi aveuglé par sa passion exclusive pour Gonerill et Regane, Goriot est abandonné, après avoir été dépouillé, par Delphine et Anastasie. À Cordélia, la fille aimante et sincère, Balzac a donné un équivalent : Victorine Taillefer, victime elle aussi de l'ingratitude de son père, mais qui lui conserve son amour. Comme Gonerill et Régane à la fin de la pièce, les sœurs Goriot se déchirent à la fin du roman. Et le commentaire du bouffon dans la tragédie dépeint très exactement la situation romanesque : « Le père qui traîne les haillons de l'indigence rend ses enfants aveugles. Ils ne le connaissent plus. »

Transposant dans la société de la Restauration le sujet de Shakespeare, Balzac fait plus que reprendre un thème universel de la littérature. La dégradation de la relation père-enfants est ici le produit d'une société. L'ascension sociale de Goriot a été rapide ; en voulant installer ses filles dans une condition infiniment supérieure à la sienne, il a creusé entre elles et lui une distance sociale qui ne peut être comblée, dans un univers où l'argent commande les rapports humains. Devenues baronne de Nucingen et comtesse de Restaud, Delphine et Anastasie ne peuvent et ne doivent plus être les filles Goriot. « Ce père Goriot n'aurait-il pas été une tache de cambouis dans le salon de ses filles ? », fait observer Mme de Beauséant.

Déjà présent dans *Ferragus* (1833), le thème de la paternité apparaît comme un des grands leitmotive de l'imaginaire balzacien. Plus qu'une réalité et un sentiment familial, il s'agit d'une passion violente, irrationnelle, destructrice. Loin de servir l'exigence sociale, elle est l'une des faces de la volonté de puissance. Pulsion asociale chez Goriot, sauvage, presque primitive. C'est d'elle qu'il tire cette force herculéenne que surprend Rastignac : « Quel homme, se dit-il en voyant le bras nerveux du vieillard qui [...] pétrissait sans bruit l'argent doré, comme une pâte. » Proche en cela de Vautrin, autre père en quête d'un fils. Comme ce dernier, Goriot est un sauvage tout droit sorti de F. Cooper, « Illinois de la farine », huron de la halle. « Je ferai comme Vautrin, j'irai au bagne », lui fait dire Balzac. N'est-il pas prêt, lui aussi, à tuer ses gendres ? « J'ai le sang d'un tigre, je voudrais dévorer ces deux hommes. »

Forçat de la paternité, Goriot exprime une même volonté démiurgique que celle de Vautrin. Désir de se perpétuer dans un autre et de s'affranchir des limites temporelles ; bref, moyen rêvé d'être Dieu. « Ma vie à moi est dans mes deux filles [...]. Enfin, je vis trois fois [...]. Quand j'ai été père, j'ai compris dieu », confesse Goriot. Paternité que vient de connaître la même année le romancier, puisque Maria, la dédicataire d'*Eugénie Grandet*, lui donne un enfant le 4 juin 1834. Plus profondément, paternité qui le hante parce qu'elle est une métaphore de la création littéraire, le fantasme du romancier-dieu qui donne la vie à ses personnages et jouit à travers eux d'une vie démultipliée et plus intense.

Paternité obscure et troublante enfin, qui plonge au plus intime de l'écriture balzacienne. Goriot a transposé sur ses filles l'amour qu'il portait à sa femme, devenant à la fois père et mère. « C'est sorti de moi ! », déclare-t-il à Rastignac. Père possessif et jaloux : « Les pères devraient vivre autant que leurs enfants », « oh, si j'avais de bons gendres !... si j'avais vécu chez elles ! » Père qui n'hésite pas à pousser le jeune homme dans les bras de Delphine pour jouir par procuration de celle-ci : « Les passions ne font jamais de faux calculs. Le père Goriot se voyait un peu plus près de sa fille [...]. Eugène était un des jeunes gens les plus gentils qu'il eût jamais vus, et il semblait pressentir qu'il donnerait à Delphine tous les plaisirs dont elle avait été privée. »

Scènes de la vie de province

PRÉSENTATION DU CYCLE

Structure

Il réunit dix-sept titres dont six seulement restèrent à l'état de projet. C'est donc un volet largement abouti de *La Comédie humaine*. Il s'organise autour de quatre sous-ensembles : « Les célibataires », « Les Parisiens en province », « Les rivalités », « Les provinciaux à Paris », ce dernier assurant la transition avec les « scènes suivantes ». Trois romans et non des moindres, classés en tête du cycle, restent en dehors : *Le Lys dans la vallée* (mais il sera regroupé dans le « Furne corrigé » avec les « Scènes de la vie de campagne »), *Ursule Mirouët* et *Eugénie Grandet*. Ils constituent une sorte d'ouverture musicale présentant la province dans ses composantes essentielles : l'immobilité, l'enlisement, la claustration.

L'observation des titres – quatorze désignant explicitement ou au travers d'un nom propre un type humain – confirme la démarche inaugurée par les scènes précédentes : faire d'un personnage le représentant d'une situation humaine et sociale caractéristique. Si l'on retrouve le motif de la femme mal mariée (Mme de Mortsauf, Mme Grandet) ou veuve (Mme Chardon), d'autres figures apparaissent davantage liées aux yeux de l'écrivain à la province : la vieille fille, personnage récurrent du cycle (Eugénie Grandet, Rose Cormon, Mlle Gamard, Sylvie Rogron, Armande d'Esgrignon) ; son symétrique masculin, le célibataire (l'abbé Birotteau, J.- J. Rouget) ; le jeune ambitieux qui monte à Paris (Victor d'Esgrignon, Lucien de Rubempré, Félix de Vandenesse) ; enfin la jeune fille ou la femme, victime et rêveuse, qui aspire à une autre vie (Eugénie Grandet, Mme de Bargeton, Ursule Mirouët, Dinah de La Baudraye, Armande d'Esgrignon).

Les provinces de Balzac

• Tableau des provinces de Balzac dans le cycle

Œuvres	Régions	Villes	Autres lieux de l'action
Le Lys dans la vallée	Touraine	La vallée de l'Indre	Paris
Ursule Mirouët	« du côté de Paris »	Nemours	Paris - les îles
Eugénie Grandet	Centre	Issoudun	Paris - les îles
Pierrette	La Brie	Provins	Paris - la Bretagne
Le Curé de Tours	Touraine	Tours	
La Rabouilleuse	Centre	Issoudun	Paris
L'Illustre Gaudissart	Touraine	Vouvray	
La Muse du département	Centre	Sancerre	Paris
La Vieille Fille	Normandie	Alençon	Paris
Le Cabinet des antiques	Normandie	Alençon	Paris
Illusions perdues	Charente	Angoulême	Paris

• Les composantes de la province selon Balzac

La province est, jusqu'à Balzac, peu évoquée dans le roman, confinée surtout au théâtre, à la comédie molièresque – pensons à *Pourceaugnac* ou à *George Dandin* ou encore au drame bourgeois. Simplement traversée chez le Diderot de *Jacques le Fataliste* ou quittée dès le début du récit dans *Le Paysan parvenu* de Marivaux. Quant à *La Nouvelle Héloïse*, elle transfigure la réalité provinciale en un éden utopique. Avec les « Scènes de la vie de province », elle cesse d'être un décor pour devenir le lieu et la matière du roman.

C'est d'abord le lieu de la négativité et du refoulement des rêves. Lucien rêve d'un Paris mythique où sa poésie pourra être goûtée, Dinah de la Baudraye attend d'avoir quitté Sancerre pour écrire, Eugénie aspire à un ailleurs. Car la province est un monde clos, replié sur la ville (Issoudun, Provins, Angoulême, Alençon) et, à l'intérieur de la ville, sur un espace encore plus restreint : la maison. Huis clos de Clochegourde, de la demeure de Grandet, de l'hôtel d'Esgrignon. En dehors du *Lys dans la vallée* ou de *L'Illustre Gaudissart*, récits tourangeaux – et ce n'est pas un hasard – les échappées sur la nature environnante sont rares. On ne sort jamais, comme dans l'Issoudun de *La Rabouilleuse*, d'un espace étroitement délimité, intérieur, où se joue le drame : de la maison morte de l'avare Hochon à celle du célibataire Rouget juste en face. Quant à la maison des Grandet, elle est « au bout de la rue montueuse qui mène au château », dans une « voie tortueuse », cachée « dans un renfoncement assez sombre ».

La province est réclusion. Incarcération dans un espace-temps immobile, à l'écart de l'Histoire : l'hôtel d'Esgrignon est « une cage de verre » qu'observe Blondet, le narrateur du *Cabinet des antiques*. Il abrite un monde antédiluvien, aboli, qui vit en marge de la durée historique et ses habitants sont des fossiles. Momifiés, résidus d'une époque, l'Ancien Régime, qui n'est plus. Décrits par le regard d'un Cuvier de passage : « Je voyais à travers les carreaux des corps bossués, des membres mal attachés [...], des mâchoires carrées et très apparentes, des os exorbitants, des hanches luxuriantes. »

La province est par essence circulaire, vouant ceux qui y vivent à un assoupissement funèbre : « la vie de province, sans issue, sans approbation, sans encouragement, décrivait un cercle où se mourait cette pensée », note Balzac dans *La Vieille Fille*. La vraie vie est ailleurs, dans le creuset parisien. Alors il faut partir pour échapper à l'étiolement des énergies ; c'est ce que font Blondel, Lousteau, Lucien de Rubempré, Victor d'Esgrignon, Dinah de La Baudraye, Félix de Vandenesse et les autres. Rester, c'est mourir un peu. Comme Rose Cormon, comme Pierrette, comme Eugénie Grandet. « Issoudun aurait engourdi Napoléon », commente Balzac.

Mais en même temps, la province est le lieu de l'accumulation du capital, opposée à Paris, lieu de la dépense et de la prodigalité. Concentrant les énergies sur l'acquisition de la terre et de l'or : Grandet, Hochon, Rogron, les avares, en sont les figures emblématiques. La contrepartie de cette formidable thésaurisation, c'est la stérilité des sentiments et de la sexualité. Vieilles filles, célibataires sont le symbole de cette frustration sexuelle. Eugénie Grandet finit vierge, stérile et donc sans avenir, comme Armande d'Esgrignon qui vit par procuration des aventures de son neveu.

Eugénie Grandet

Genèse et publication

Un premier chapitre, sous le titre « Physionomies bourgeoises », paraît dans *L'Europe littéraire* du 19 septembre 1833. Interrompant la rédaction de l'ouvrage, Balzac se rend en Suisse où il rencontre Mme Hanska. De retour, il se remet au travail et achève le récit. Le 15 décembre, il est mis en vente. En août, lorsqu'il évoque le projet d'*Eugénie Grandet* à Mme Hanska, il s'agit encore à ses yeux d'une simple nouvelle. L'interruption née du voyage en Suisse s'explique par un changement de conception de l'ouvrage, qui prend alors les proportions plus vastes d'un roman. C'est qu'au même moment, l'écrivain délaisse le cadre restreint de la nouvelle, comme en témoigne *La Recherche de l'absolu* publiée quelques mois auparavant. Aux *Études de mœurs* succède la peinture d'une passion envahissante et destructrice, la monomanie des Claës ou de Grandet. L'évocation du mariage et de ses déboires est remplacée par la tragédie des familles brisées par l'obsession maniaque d'un de ses membres. L'accueil favorable réservé au livre contraste avec celui, mitigé, fait au précédent.

RÉSUMÉ

L'action commence en novembre 1819, le jour où Eugénie Grandet fête son vingt-troisième anniversaire, dans la demeure austère des Grandet. Un voyageur venu de Paris débarque au milieu de l'assemblée ; il s'agit de Charles Grandet, le cousin d'Eugénie, que son père, qui vient de faire faillite, confie au père Grandet avant de se donner la mort.

L'arrivée du jeune homme bouleverse la vie monotone de la jeune fille qui s'éprend de lui. L'idylle est brève car Charles part, quelques jours après, pour les Indes. Avant son départ, elle lui donne toute sa fortune, 5 800 francs en louis d'or. Geste qui lui vaudra la colère de son père, avare forcené, qui l'enferme pendant deux mois dans sa chambre.

Pendant huit ans, Eugénie, qui attend une lettre de son cousin et vit pour son retour, mène une vie solitaire, endeuillée par la mort de sa mère, en 1822, puis de son père, en 1827. En août de la même année, elle reçoit enfin la lettre tant attendue. Déception, Charles lui apprend son prochain mariage avec Mlle d'Aubrion, fille noble mais sans fortune qui lui fournira un titre indispensable à son ambition. Amère, Eugénie consent à épouser M. de Bonfons mais lui impose un mariage blanc. Elle règle les dettes de son cousin et, bientôt veuve, elle finit en vieille fille solitaire, consacrant sa fortune à répandre la charité.

COMMENTAIRE

L'épaisseur du monde

Comme le note M. Bardèche, *Eugénie Grandet* marque une étape importante dans la narration balzacienne, s'enrichissant d'une description minutieuse des lieux et des objets. C'est dans cette attention à l'infime, qui fait l'étoffe de la vie ordinaire, que réside l'originalité du livre. Plus que la reprise d'un schéma narratif déjà utilisé, une exposition, une vaste partie centrale accumulant les éléments du drame, un dénouement. Ce sont désormais les gestes les plus ténus, des modifications matérielles de détail, en apparence anodines, qui sont la matière même du drame. Tout l'amour naissant de la jeune fille s'exprime à travers les préparatifs détaillés d'un déjeuner inhabituel chez les Grandet : le raisin dérobé dans le grenier, le café bien fort, les deux œufs frais subtilisés par Nanon, « le sucre amoncelé dans une soucoupe », luxe inconcevable. C'est toute une révolte latente qui transparaît derrière un geste insignifiant : « Eugénie reprit la soucoupe au sucre que Grandet avait déjà serrée, et la mit sur la table en contemplant son père d'un air calme. »

Tout le récit est fait de ces non-événements, de cette attente de ce qui ne se produira jamais, le retour de Charles, le bonheur entrevu. Roman anti-romanesque par excellence d'une vie prosaïque et ordinaire. Le passage du temps est marqué par la simple reprise de scènes dont le contraste fait ressortir le drame invisible qui se joue. Leitmotiv du jardin par exemple, où sont vécus les moments décisifs de la vie d'Eugénie : sa contemplation le lendemain de l'arrivée de Charles coïncide avec la naissance de l'amour, il devient le décor de leurs rendez-vous, c'est là qu'ils se quitteront après s'être juré fidélité ; c'est assise sur « le petit banc de bois » qu'Eugénie reçoit, huit ans après, la lettre de son cousin. C'est Eugénie, « toujours vêtue comme l'était sa mère », menant la même vie monastique qu'au début, que l'on retrouve à la dernière page. Enfermée dans un présent monotone qui rejoint celui-là même de l'écriture du roman : « Depuis quelques jours, il est question d'un nouveau mariage pour elle. Les gens de Saumur s'occupent d'elle et de M. de Froidfond, dont la famille commence à cerner la riche veuve. »

Une jeune fille en province

Figure centrale du récit, la jeune fille, son éveil à l'univers des sentiments, sa sourde révolte contre un père et un monde oppressants : la curiosité indiscrète de Saumur, la rivalité cupide des prétendants, l'atmosphère lourde de la maison paternelle, le couvercle de l'avarice. Avec, pour seuls échappatoires dérisoires, le jardin étriqué et le souvenir de quelques jours de bonheur. Et puis, l'attente vaine, la déception née de la trahison de Charles et le mariage de raison, sous la pression du curé Cruchot, avec un être médiocre mû par la seule perspective d'une dot colossale. Le roman est celui de l'enlisement dans la vie morne et close de la province. C'est un anti-conte de fées, dans lequel le prince charmant, Charles, ne reviendra pas tirer la princesse de son sommeil, où l'argent est le moteur exclusif de tous les personnages qui gravitent autour d'Eugénie.

Vie gâchée, dont il ne reste qu'un baiser volé sous une voûte loin des regards du père. La jeune fille finira vieille fille, vierge sans avoir accompli sa féminité. Reproduisant dans la dernière page du livre la servitude maternelle à la loi du père : elle « n'allume le feu de sa chambre qu'aux jours où jadis son père lui permettait d'allumer le foyer de la salle ».

Le récit de l'argent

À travers Grandet, Balzac peint un capitalisme rural en plein développement. Il montre l'ascension d'un maître tonnelier qui, à la faveur de la vente des biens nationaux, se constitue une fortune foncière ; un opportuniste qui joue de l'offre et de la demande pour vendre ses récoltes, exporte son vin jusqu'en Belgique, place son argent à Paris. À la tête de huit millions au début du livre, il lègue dix-sept millions à sa fille à sa mort. Somme considérable, quand le salaire moyen d'un employé était de deux mille francs par an ! Charles avoue disposer de 80 000 livres de rente dans sa lettre à Eugénie. Il a bâti sa fortune sur le commerce des îles et la traite des Nègres, incarnant une autre face, sauvage, prédatrice, du capitalisme du début du siècle.

L'argent circule sans cesse entre les personnages : d'Eugénie à Charles, à qui elle confie ses louis d'or, de Charles à Eugénie, à laquelle il restitue les huit mille francs, de la jeune femme aux créanciers qu'elle rembourse, d'elle à Bonfons qui l'épouse pour ses 19 millions. Enfin d'Eugénie aux bonnes œuvres qu'elle patronne.

Alors que les êtres se dessèchent, pâlissent à son contact, l'argent est le grand triomphateur du récit : le cœur de Charles « se refroidit, se contracta, se dessécha », les cheveux de l'avare sont « jaunâtres, grisonnants, blancs », quant à Eugénie, à la fin du roman, « son visage est blanc, reposé, calme ». L'argent est la puissance anonyme, froide, blanche qui déteint sur les êtres, glace les passions, annule l'énergie vitale. « L'argent devait communiquer ses teintes froides à cette vie céleste, et donner de la défiance pour les sentiments à une femme qui était tout sentiment. » Balzac décrit ici l'avènement d'un règne sans visage, celui de l'argent devenu l'équivalent universel de la terre (Grandet transmue les produits de ses vignes en sacs d'or), des sentiments (Charles échange les huit mille francs d'Eugénie contre la promesse de l'aimer) et des êtres (la jeune fille n'est qu'une dot : « la meute poursuivait toujours Eugénie et ses millions »). L'argent est bien le masque de la mort : « Eugénie savait que le président désirait sa mort. »

Eugénie Grandet dépeint donc un monde terrible, froid, d'où la vie est peu à peu bannie par le règne monotone « des calculs de l'intérêt humain ». La seule issue qui reste à l'héroïne consiste à dépenser l'argent accumulé, à contredire la loi du père en substituant à la loi de l'accumulation une logique du don qui lui offre le ciel, espace angélique où les personnages balzaciens espèrent un salut que la terre ne leur a pas donné : « Eugénie marche au ciel, accompagnée d'un cortège de bienfaits », conclut le livre.

« La peste soit de l'avarice et des avaricieux ! » (Molière)

On a longtemps fait d'un certain Nivelleau de Saumur le modèle du père Grandet, hypothèse aujourd'hui abandonnée ; le processus de la création d'un personnage est plus complexe. Certes, Balzac s'est inspiré d'avares rencontrés ou non, notamment de M. de Savary, beau-père de M. de Margonne, le châtelain de Saché, ou encore Coudreux, négociant tourangeau. Mais ses modèles, il les trouve aussi, et peut-être d'abord, dans le répertoire théâtral, et surtout l'Harpagon de Molière. Plus profondément, le personnage appartient à une lignée d'avares qui traversent *La Comédie humaine*. Gobseck, maître Cornélius, Hochon d'Issoudun, le père Séchard. Révélant par là une thématique déterminante de l'univers balzacien.

Réduire Grandet à un avare de comédie serait se méprendre sur le personnage. Balzac ne peint pas seulement un travers psychologique, mais un type social, un certain capitalisme provincial. Grandet joue, risque, spécule. Mais c'est surtout par la dimension fantastique que le romancier lui confère que Grandet devient une figure puissante, inquiétante. « Ton père voit tout », déclare Mme Grandet à sa fille. L'avare est d'abord l'homme du regard. « Ses yeux avaient l'expression calme et dévoratrice que le peuple accorde au basilic. » Yeux auxquels « le métal jaune semblait avoir communiqué ses teintes». Car voir, c'est s'emparer du monde, posséder à distance ; ainsi observe-t-il Eugénie qui se coiffe, avec la même passion muette qu'il contemplera ses sacs d'or avant de mourir. Voir est pouvoir, voir est jouissance. C'est la nuit, clandestinement, qu'en solitaire le tonnelier de Saumur s'enferme dans son cabinet et s'abîme dans la contemplation de ses louis d'or. Ses rapports à l'or sont sensuels : il vient le « choyer, caresser, couver, cuver, cercler ». Mêmes mots pour Eugénie : « Il la couvait comme si elle eût été de l'or. »

Sa maison est un prolongement de son corps : froide, nue, bardée de portes closes, fermée au monde extérieur, avec ses grilles, ses serrures inquiétantes « terminées en façon de flammes ». Son cabinet secret rappelle celui de Balthazar Claës : il y prépare ses récoltes, ses spéculations, maîtrisant le temps, dépositaire d'un pouvoir magique : « Les gens d'affaires pouvaient s'imaginer qu'il avait à ses ordres une fée ou un démon. » Il est d'ailleurs comparé à l'alchimiste, transmuant les fruits de la terre en or : le cabinet est un « laboratoire », et Grandet « transmutait tout en or et en argent », écrit le romancier.

C'est que l'avarice est une passion exemplaire en laquelle se résument toutes les autres : volonté fixe et illimitée de posséder le monde, de le ramener à soi, de l'absorber et par là d'échapper à la mort, c'est-à-dire à la dépense de l'énergie vitale.

Le Lys dans la vallée

Genèse et publication

Le sujet du roman est annoncé dans la préface du *Père Goriot* de mars 1835 : « Supposez une femme bien constituée, mal mariée, tentée, comprenant les bonheurs de la passion : l'œuvre est difficile, mais elle peut être encore inventée. » Il s'agit alors pour Balzac de répondre à ses détracteurs qui l'accusent de peindre les séductions de l'adultère et de se complaire dans l'évocation de femmes criminelles. Le sujet, un jeune homme amoureux d'une femme mariée et mère de deux enfants, lui est fourni par *Volupté* de Sainte-Beuve, qu'il a lu en avril 1834. « Un livre très beau pour certaines âmes, souvent mal écrit [...] et où il y a de belles choses », écrivait-il à Mme Hanska en août 1834.

Il refera donc *Volupté*, mais sans le puritanisme moralisateur qu'il reprochait à son auteur. Simultanément, il achève *Séraphîta*, qui devait constituer le pendant mystique et heureux du *Lys*. Celui-ci sera un hymne lyrique à l'amour, à la femme, à la Touraine natale.

Le roman commence à être publié dans *La Revue de Paris* du 22 novembre 1835. La publication est interrompue par un procès qui oppose l'écrivain au directeur, celui-ci ayant fait paraître à l'insu de Balzac, dans *La Revue de Saint-Pétersbourg*, le texte du premier jeu d'épreuves du récit. L'œuvre sera finalement mise en vente en juin 1836, chez Werdet.

L'accueil fut dans l'ensemble hostile, les critiques reprochant au livre sa tonalité mystique et son dénouement immoral. La revanche de l'écrivain sera posthume, elle viendra d'un poète, Théophile Gautier, qui rédigera un article enthousiaste dans *La Presse* du 10 juin 1853 : « *Le Lys* tient parmi l'œuvre de Balzac, toute proportion gardée, la place du "Cantique des cantiques" dans la Bible. »

RÉSUMÉ

L'action débute en août 1814, trois mois après l'abdication de Napoléon et le retour des Bourbons, en Touraine. Félix de Vandenesse, cadet mal aimé d'une famille de la noblesse tourangelle, rencontre, au cours d'un bal donné à Tours, une femme dont la beauté l'éblouit. Oubliant toute convenance, il embrasse ses épaules. Il la retrouve, quelques jours après, en se rendant à Frapesle en vacances. Il s'agit de Mme de Mortsauf, châtelaine de Clochegourde, mariée à un ancien émigré en proie à une maladie mentale. Elle consacre sa vie aux deux enfants maladifs nés de cette union malheureuse. Violemment épris de la jeune femme, Félix se voit imposer une relation platonique pendant les trois mois qu'il passe à Clochegourde.

En octobre, il part pour Paris, conseillé et dirigé par Mme de Mortsauf qui l'introduit dans le faubourg Saint-Germain. Lors du retour de Napoléon, il profite d'une mission secrète du roi, alors réfugié en Belgique, pour revenir à Clochegourde. En août 1817, Félix se rend à nouveau en Touraine. Une maladie du comte de Mortsauf rapproche les deux amants, mais Henriette de Mortsauf se refuse à lui.

Cinq mois après, il devient l'amant de lady Dudley, qui l'initie aux plaisirs charnels. Henriette, dévorée de jalousie, entrevoit sa rivale au cours d'un bref passage de Félix en Touraine, au printemps 1820.

« Pour la comtesse, tout se renversa, ses idées se confondirent [...] entendant en elle-même les cris de sa chair révoltée, elle demeura stupide en face de sa vie manquée. »

Cette crise personnelle, aggravée par la folie de son mari, entraîne quelques mois plus tard sa mort. Félix assiste à l'agonie de Mme de Mortsauf et découvre dans une ultime lettre combien elle l'aimait : « Oui j'ai bien soif, mon ami [...] mais mon cœur éprouve une plus ardente soif. J'avais soif de toi. » On est alors en octobre, mais l'année est incertaine en raison des nombreuses négligences chronologiques de l'auteur : 1820, 1821 ou 1823.

COMMENTAIRE

Un roman autobiographique

Bien qu'il affirme dans sa préface « qu'il ne s'est nulle part mis en scène », Balzac a mis dans cette œuvre beaucoup de lui-même. La forme narrative choisie, celle d'une confession épistolaire rédigée à la première personne, favorise d'ailleurs le rapprochement entre l'auteur et le narrateur, Félix de Vandenesse. Les similitudes sont nombreuses entre eux. Tous deux sont des fils mal aimés, « enfants du devoir » auxquels est préféré un frère, Charles pour Félix, Henri pour Balzac. Ils ont connu une enfance solitaire, abandonnés par leur famille : Félix est confié à une nourrice dès sa naissance, suivent deux ans dans une pension de Tours, puis huit terribles années au collège des oratoriens de Pont-le-Voy, enfin cinq ans à la pension Lepître à Paris. C'est l'enfance de Balzac, telle qu'il la retrace à Mme Hanska, dans une lettre du 2 janvier 1846. Quatre ans de nourrice, deux ans de demi-pension à Tours, huit ans au collège de Vendôme, puis le séjour à la pension Lepître.

Même figure obsédante de la mère, lointaine, hostile, doublement incarnée dans l'œuvre par Mme de Vandenesse et Mme de Lénoncourt, la mère de Mme de Mortsauf. *Le Lys* est un règlement de comptes avec la mère, en même temps qu'une catharsis par laquelle l'écrivain exorcise la figure maternelle et lui substitue une image idéale de la bonne mère qui ne vit que par et pour ses enfants. Substitut maternel, telle apparaît Henriette aux yeux de Félix, lorsqu'il la voit pour la première fois : « Je me plongeai dans ce dos comme un enfant qui se jette dans le sein de sa mère et je baisais toutes ces épaules en y roulant ma tête. » Scène bouleversante où se livrent les frustrations et les souffrances endurées par celui qui écrivait à

Mme Hanska : « Je n'ai jamais eu de mère [...] Je ne t'ai jamais dévoilé cette plaie, elle était trop horrible, et il faut le voir pour le croire. »

La parenté avec la vie de l'écrivain ne s'arrête pas là. Mme de Mortsauf emprunte à Mme de Berny, la première maîtresse de Balzac, bien des traits. « Il y a un lointain reflet d'elle », avoue-t-il. Toutes deux sont plus âgées que leur amant, mal mariées et mères attentives. Et Balzac et Félix ont presque le même âge, lors de leur première rencontre. Bien plus, Mme de Berny est gravement malade quand le romancier entreprend *Le Lys*. C'est en octobre – le même mois que son héros – qu'il la revoit une dernière fois, car elle meurt un mois après la publication du récit. Les trahisons de Félix sont aussi celles de Balzac. *Le Lys dans la vallée* est un tombeau élevé en hommage à « la Dilecta ». Le nom de Mortsauf, suggère P. Citron, constituerait une ultime tentative d'immortaliser littérairement Mme de Berny : « Ce nom voudrait-il dire qu'il sauve de la mort imminente la femme qu'il éternise dans son œuvre ? » (*Dans Balzac*, p. 183).

Un roman par lettres

Le roman se présente sous la forme d'une longue lettre adressée à Nathalie de Manerville, la nouvelle maîtresse de Félix de Vandenesse, qu'il compte épouser. Écrite en août 1827 – mois associé dans le livre aux temps forts de la liaison avec Mme de Mortsauf – elle révèle les détails d'un amour inassouvi qui pèse encore sur le présent du personnage : « Oui, ma vie est dominée par un fantôme. » Confession étrange et impudique, entreprise à la demande de sa correspondante et dont, curieusement, le narrateur attend un surcroît d'amour : « S'il y avait dans cette confession des éclats qui te blessassent [...], ne me punis donc point de t'avoir obéi. Je voudrais que ma confidence redoublât ta tendresse. »

Dès lors s'instaure un jeu constant entre le présent de l'écriture et le passé vécu. Rapportant le passé, Félix le revit, le commente, prend à témoin son destinataire, mais en même temps, de façon presque perverse, en présence de ce témoin muet, exhibant sans ambages ce temps aboli, jouit à nouveau intensément de ces émotions retrouvées.

Revenant en force dans le présent, le passé modifie celui-ci et provoque la rupture entre Félix et Nathalie. Le roman se termine en effet sèchement et ironiquement sur une lettre irritée et clairvoyante de la jeune femme, qui lui annonce qu'elle se refuse à le revoir. « J'ai trop souvent rencontré entre nous deux la tombe de la sainte. »

La forme narrative voulue par Balzac, un échange de courrier dans lequel s'insèrent d'autres lettres, écrites par Mme de Mortsauf, souligne les ambiguïtés du personnage et de l'écriture. Comme le héros de *La Chute* de Camus, Félix est pris d'un compulsif besoin de se confesser : aveux à Nathalie, à Mme de Mortsauf, confidences sur l'oreiller à lady Dudley. Volonté d'exorciser le passé pour mieux s'en libérer sans doute, mais aussi, plus inconsciemment, détour savant du désir qui se sert de la confession pour parvenir à ses fins. Le récit de la passion pour Mme de Mortsauf est une façon indirecte d'exciter l'amour de Nathalie (« je voudrais que ma confidence redoublât ta tendresse » – quelle étrange froideur est ainsi implicitement reprochée !).

S'achevant sur une rupture, le récit prend Félix à son propre piège, le vouant à une remémoration stérile et mélancolique du passé. Le personnage réapparaîtra dans *Une fille d'Ève*, marié à Mlle de Granville, époux attentif et sans passion.

La Comédie humaine, côté jardin

Alors qu'elle est plutôt absente d'*Eugénie Grandet* ou de *La Rabouilleuse*, la nature occupe une place déterminante dans *Le Lys*, contrepoint aux personnages, évoluant en même temps qu'eux et projection de leurs désirs. Paysage symbolique et fantasmatique de la vallée d'abord. Entre elle et Mme de Mortsauf s'instaure tout un réseau de correspondances : vue à travers les regards de Félix au début du livre, elle est immédiatement associée à la femme qui en est le centre : « Si cette femme, la fleur de son sexe, habite un lieu dans le monde, ce lieu le voici ! » Progressivement la vallée est féminisée, suggérant par ses courbes, par sa forme, le corps rêvé de la femme : « nature belle et vierge comme une fiancée », « val d'amour », dont les peupliers deviennent « dentelles mobiles », l'eau « ruban ».

Monde clos, séparé « par des landes sablonneuses », la vallée est un éden, paradis perdu de l'innocence avec, en son centre, le noyer où se tient, à chaque fois qu'il revient, le narrateur. Noyer où se loge la tentation, où M. de Mortsauf attrape froid et manque de mourir, où les amants se séparent. Et, parcourant l'éden, l'eau vive de l'Indre qui irrigue la vallée, eau matricielle associée à Henriette, puisqu'elle est un lys, plante aquatique. Eau inscrite dans le nom même de Mme de Mortsauf, qui mourra d'ailleurs de soif et de faim, comme dans celui de Clochegourde. Eau ambiguë cependant : si elle semble obéir à la jeune femme (« la rivière fut comme un sentier sur lequel nous volions »), car sa seule présence provoque une pêche miraculeuse, elle est aussi la métaphore explicite du désir. « J'ai eu soif au milieu du désert », s'exclame Félix pour justifier son infidélité ; Henriette torturée par son désir inassouvi confie : « L'eau de l'Indre me fait bien mal à voir, mais mon cœur éprouve une plus ardente soif. J'avais soif de toi. »

Enfin, la métaphore florale inscrite dans le titre envahit le récit : fleurs que tisse Mme de Mortsauf, bouquets que compose Félix et qui sont autant de chiffres de son amour.

Mysticisme et sensualité

Le réalisme balzacien a consisté à mêler ces deux aspects dissonants, qui soulignent l'équivoque sur laquelle est construite l'attitude de Mme de Mortsauf. Repoussant les avances de Félix, elle a voulu une relation platonique, angélique, fondée sur des rapports mère/fils (« adieu, cher enfant », écrit-elle encore dans sa dernière lettre). Sacrifiant la femme à la mère, elle a fait de la vertu un désert. Le corps ne peut être trompé, l'angélisme est une imposture. Et l'agonie de Mme de Mortsauf est une révolte contre la vertu : « Vivre de réalités et non de mensonges. Tout a été mensonge dans ma vie. » Balzac prend ici le contrepied du puritanisme de Sainte-Beuve. Le « à moi le glorieux amour des anges ! » lancé par Henriette est démenti par sa dernière lettre : « J'étais aussi une de ces filles de la race déchue que les hommes aiment tant. » Et sa confession est une confession à l'envers où elle regrette sa vertu. La violence charnelle de la mort de l'héroïne, au cours de laquelle ses sens réprimés se déchaînent dans une hypertrophie de la sensibilité (« elle s'arrêta, parut écouter, et sentit à travers les murs je ne sais quelle odeur »), fut d'ailleurs mal ressentie par la critique.

Derrière cette fin pathétique, il y a la morale de Balzac. Le ciel est une surnature inaccessible car l'homme n'est pas seulement esprit. La société est une contre-nature nécessaire en rendant possible une vie sociale. Mais elle est mutilante lorsque, par le mariage, elle assortit mal deux êtres comme M. et Mme de Mortsauf. On retrouve en filigrane les thèses de *La Physiologie du mariage*. Mariée à un homme plus vieux qu'elle et malade – une maladie vénérienne jamais nommée dont il transmet les séquelles à ses enfants – Henriette est une nouvelle version de la condition de la femme déjà abordée dans les « Scènes de la vie privée ». À mi-chemin entre la société qui refoule le corps sous les interdits et un angélisme illusoire, la nature est l'espace du bonheur, le lieu d'une réconciliation de la chair et de l'esprit. Une réponse possible au dilemme formulé par Mme de Mortsauf : « Le ciel et la terre sont incompatibles. »

La Rabouilleuse

Genèse et publication

La publication se fit en deux temps dans la presse et sous forme de feuilleton : d'abord dans le journal *La Presse*, du 24 février au 4 mars 1841, sous le titre *Les Deux Frères*, puis, dans le même journal, du 27 octobre 1842 au 19 novembre de la même année, sous le titre *Un ménage de garçon en province*. En décembre, le tout est réuni et paraît chez l'éditeur Souverain avec le titre de la série initiale. Ce n'est que sur le « Furne corrigé » que Balzac lui donne son titre définitif.

RÉSUMÉ

On peut distinguer trois parties dans ce récit qui se présente finalement d'une seule traite. La première, consacrée à la vie d'Agathe Brideau, veuve d'un haut fonctionnaire de l'Empire, et de ses enfants, Philippe, ancien colonel de l'armée impériale, et Joseph, jeune peintre prometteur. La famille, qui vit modestement à Paris, abrite sous son toit la vieille tante Descoings qui a la passion du jeu. Philippe, demi-solde qui vit d'expédients, ruine sa mère, vole son frère et provoque la mort de sa tante en lui dérobant les économies qu'elle joue à la loterie. Suspecté de conspirer, il est arrêté.

La deuxième partie s'ouvre sur l'arrivée d'Agathe Brideau à Issoudun. Spoliée par son père, le docteur Rouget, elle est venue réclamer ses droits sur l'héritage de son frère, célibataire végétatif que sa maîtresse et servante, Flore Brazier (la rabouilleuse), s'apprête à dépouiller. Aidée en cela par Maxence Gilet, son amant. Celui-ci, ancien officier de l'Empire, est le chef des « Chevaliers de la Désœuvrance », confrérie tapageuse qui trouble le calme d'Issoudun. Le rusé Gilet fait échouer la tentative d'Agathe.

Entre en scène alors Philippe Brideau, mis au courant par l'avocat Desroches, ami des Brideau. Flairant le pactole, il se rend à Issoudun où il défie Maxence et Flore. Il fait échouer la captation d'héritage, tue Gilet en duel et contraint Flore à épouser son oncle. Celui-ci, poussé à la débauche par Philippe, meurt. L'ex-colonel épouse alors Flore.

L'épilogue retrace rapidement la mort d'Agathe, spoliée à nouveau, mais cette fois, par son fils ; l'ascension de Philippe. Devenu comte, il projette d'épouser une héritière du faubourg Saint-Germain. Entre-temps, il a laissé mourir Flore dans la misère la plus horrible. C'est l'intervention de l'ironique Bixiou qui brise les espoirs de Brideau. Ruiné, il meurt en 1839 en Algérie.

COMMENTAIRE

Le roman de la spoliation

La Rabouilleuse est le récit d'une double spoliation, celle d'Agathe, déshéritée au profit de son frère, celle d'Agathe et Joseph dépouillés par Philippe. La première est méconnue par son père malgré son désintéressement, le second se voit toujours préférer son frère en dépit de ses frasques. Victime, Agathe est aussi coupable de n'avoir su partager son amour entre ses fils. Comme l'affirme la dédicace à Nodier, il s'agit de peindre une fois encore un de ces drames privés, dont la cause est « la diminution de la puissance paternelle ». Montrée ici à travers la faillite de deux paternités : Rouget qui déshérite sa fille cadette « tard venue » et probablement adultérine ; Brideau dont la fascination pour l'empereur lui fait perdre de vue les intérêts de sa famille, qu'il laisse, en mourant, sans fortune.

La cause de cette double spoliation réside donc dans les désordres de la famille. Les égarements de Gilet et Philippe sont d'abord ceux de deux fils sans père. L'un n'en a plus, l'autre n'en a pas : Lousteau, le père putatif d'Agathe, et Rouget s'en disputent la paternité. Demi-soldes de l'Empire, ils sont orphelins de Napoléon, père symbolique dont ils ne combleront jamais la place laissée vacante.

« Le règne des péquins et des phrases est arrivé, soumettons-nous »

La Rabouilleuse, est, au-delà du drame privé, le roman d'une génération. Balzac décrit une jeunesse désenchantée, la sienne, élevée dans le culte de l'empereur, éprise de grandeur, ivre d'illusions et qui doit apprendre à vivre dans la société, trop étroite pour leurs rêves, de la Restauration. Maxence et Philippe sont deux énergies qui ne trouvent pas à s'employer. Issoudun assoupie, immobile, close, est le symbole d'un monde social figé et sans avenir. Philippe s'adonne au jeu, Maxence gaspille ses talents dans les dérisoires exploits des « Chevaliers de la Désœuvrance ». Dans cette association secrète se retrouve la jeunesse bourgeoise d'Issoudun, oisive et désabusée. Comme l'écrit P. Barbéris, la bande « est un aspect du mal du siècle» (*op. cit.* p. 442): aux rapports sociaux strictement régis par l'argent, qui découlent de la société issue de la Révolution française, s'oppose la fraternité de la confrérie secrète. Foncièrement anti-bourgeoise, puisqu'elle passe son temps à dilapider au lieu d'accumuler comme le vieil Hochon, l'avare d'Issoudun.

Vies gâchées, énergies inemployées, Balzac décrit une Histoire sans perspective, des épopées dérisoires. C'est le sens de l'épitaphe qui suit la mort de Gilet: «Ainsi périt un de ces hommes destinés à faire de grandes choses, s'il était resté dans le milieu qui lui était propice.» Quant à Philippe, il sera ruiné par Nucingen et Du Tillet, les banquiers de *La Comédie humaine*, emblèmes du nouvel ordre des choses.

De cette tragédie d'une génération vouée au désœuvrement, seul Joseph Brideau sort indemne. S'il connaît l'incompréhension de la part de sa mère et du monde qui l'entoure, il réussit à force de travail et de patience à créer une œuvre et à devenir un artiste reconnu.

Abel et Caïn

La Rabouilleuse est aussi le roman d'une rivalité fratricide. Joseph est le fils lumineux mais mal aimé par sa mère; Philippe, le mauvais fils, pourtant préféré par celle-ci. On retrouve ici l'un des thèmes récurrents de l'œuvre et profondément ancré dans la biographie de l'auteur. Joseph est un sosie physique de Balzac. Comme lui, il se consacre entièrement à son œuvre; comme lui, il vit auprès de sa mère. Philippe en revanche partage de nombreux traits avec Henri, le frère de l'écrivain: lui aussi est préféré par la mère; comme Brideau, il a cherché fortune à l'étranger (le premier à l'île Bourbon, le second au Texas) et échoué; comme lui, il rêve d'une vie facile et se comporte en parasite. Ce motif des frères ennemis resurgit d'ailleurs au moment où l'écrivain reçoit des nouvelles de son frère, qui lui demande de l'aide.

Mais le conflit ici dépasse le simple contexte biographique et prend un tour dramatique et quasi mythique. La scène de la lutte entre Joseph et Philippe devant le lit où agonise la vieille Descoings revêt une dimension biblique, c'est le combat d'Abel et Caïn: «Joseph avait terrassé son frère et l'avait couché par terre. C'est une vraie bête féroce! dit-il. Ne parle pas ou je te...» Épisode situé au reste symboliquement le jour de Noël. Philippe Brideau est l'incarnation du mal, «l'effroyable soudard», le «Bonneau de la mort», «Méphistophélès à cheval». Cavalier de l'apocalypse qui détruit tout autour de lui: maman Descoings, Rouget, Maxence, Flore, sa mère. «Dieu se sert de lui comme un fléau», s'écrie Flore, détruite par l'alcool et la syphilis.

Illusions perdues

Genèse et publication

La première mention du titre apparaît en octobre 1833. Balzac envisage alors un bref récit qui doit clore les *Études de mœurs au XIXe siècle*. Pressé par son éditeur, le romancier rédige la première partie d'*Illusions perdues*, « Les deux poètes », du 23 au 26 juin 1836. Celle-ci paraît le 11 février 1837.

Rédigeant la préface de la première partie, Balzac annonçait une suite : ce sera « Un grand homme de province à Paris ». Épisode d'ailleurs probablement commencé avant que soit terminé « Les deux poètes ». Il est achevé le 1er juin 1839 et mis en vente le 13.

La troisième partie, « Les souffrances de l'inventeur », était déjà au programme de la préface d'« Un grand homme de province à Paris ». Elle est écrite dans l'urgence, alors que se prépare l'impression du tome VIII de l'édition Furne, celui-là même qui contient *Illusions perdues*. L'ouvrage paraît, d'abord en feuilleton, de juin à août 1843, sous le titre *David et Ève* dans le journal *Le Parisien-l'État*.

RÉSUMÉ

• Première partie

L'action se déroule à Angoulême, préfecture de la Charente, sous la Restauration, au cours de l'année 1821. David Séchard, jeune homme inventif et généreux, reprend l'imprimerie paternelle et s'endette auprès de son père, vieillard ladre et ivrogne qui méprise et jalouse son fils. David a pour ami Lucien Chardon qui, en dépit de son patronyme, descend, par sa mère, d'une vieille famille noble : les Rubempré. Si le premier rêve de découvrir un procédé révolutionnaire de fabrication du papier, le second, qui a publié un recueil de sonnets, nourrit des ambitions littéraires. L'exceptionnelle beauté de ce dernier, tout autant que ses poésies, lui ouvrent le très aristocratique salon de Mme de Bargeton. Débute alors une liaison platonique entre Lucien et la jeune femme. Mais le directeur des Contributions, le baron Sixte du Châtelet, renégat de l'Empire, jaloux du jeune homme, dessert celui-ci auprès de la noblesse locale. Lassée de la vie de province, Mme de Bargeton part pour Paris, emmenant Lucien dans ses bagages.

• **Deuxième partie**

Le désenchantement est immédiat pour le provincial : sur les conseils de du Châtelet, Mme de Bargeton éconduit son soupirant. Une vie de misère commence pour Lucien. Sa rencontre avec d'Arthez et le Cénacle lui rend le goût du travail et le rappelle à ses ambitions littéraires. Mais il ne parvient pas à vendre ses manuscrits.

Une deuxième rencontre, celle du journaliste Lousteau, va changer sa vie. Grâce à cet initiateur cynique et désenchanté, il pénètre dans les milieux corrompus du journalisme. Un premier article lui vaut une soudaine notoriété. Il est aussitôt embauché par Finot, un tout-puissant patron de presse. Il connaît alors l'ivresse du pouvoir et la vie facile. Sa liaison avec l'actrice Coralie, entretenue par le négociant Camusot, lui apporte le bonheur.

Il se venge de Mme de Bargeton en déclenchant contre elle une violente campagne de presse. Pour se concilier ce trop brillant journaliste, Mme d'Espard, cousine de Mme de Bargeton, promet à l'ambitieux qu'il pourra porter le titre de Rubempré. Du coup, Lucien n'hésite pas à changer de camp, trahissant ses amis pour fonder un journal royaliste. Isolé, manipulé par le faubourg Saint-Germain, accablé de dettes, Lucien est réduit à vendre sa plume. Un article de commande contre le garde des Sceaux lui fait perdre tout espoir de récupérer son titre. Coralie, privée de rôles, meurt. Pour payer son enterrement, Lucien doit composer un recueil de chansons grivoises.

• **Troisième partie**

Le grand homme de province retourne à Angoulême. Un long retour en arrière décrit la ruine des Séchard. L'avarice du vieux Séchard, la concurrence déloyale des Cointet et l'apathie de David, plongé dans ses recherches chimiques, ont fait péricliter l'entreprise malgré le courage d'Ève. Les trois billets à ordre tirés par Lucien lors de son séjour parisien achèvent de ruiner l'imprimerie. Trahi par Petit-Claud, avoué ambitieux à la solde des Cointet, David est contraint de se cacher pour échapper à ses créanciers. Une dernière intervention malencontreuse de Lucien provoque l'arrestation de David. Et ce, au moment où il vient de mettre au point son invention : un papier obtenu à partir de végétaux bon marché, qui permet d'abaisser son prix de revient de moitié.

Acculé, David est contraint de vendre son brevet aux Cointet. Pendant ce temps, Lucien, qui a quitté Angoulême dans l'intention de se suicider, rencontre un mystérieux abbé, Carlos Herrera, en réalité Vautrin. Celui-ci le détourne de son projet et le convainc de le suivre à Paris en lui promettant la gloire.

Structure de l'œuvre

Quoique rédigée sur plusieurs années, cette trilogie repose sur une structure nette, celle d'un triptyque. Disposé au centre, l'épisode parisien constitue le cœur rougeoyant du roman : lueurs sinistres du couchant au jardin du Luxembourg, quinquets trompeurs de la rampe sur lesquels se détache Coralie, éclats des orgies. À l'inverse, les deux autres volets décrivent un monde figé et concentré. Resserrés sur un nombre restreint d'acteurs, ils s'opposent à l'agitation incessante de la fresque parisienne grouillante de figurants. À l'unité de lieu qui préside à ces deux volets (l'imprimerie des Séchard, le salon des Bargeton) s'oppose encore la multiplicité parisienne : appartements de Lousteau, de d'Arthez, de Coralie ; descriptions des théâtres, des locaux du journal où travaille Lucien, bureaux des libraires, etc.

Entre Paris et Angoulême, une série d'allers et retours qui confèrent son unité à l'ensemble : départ de Lucien et de Mme de Bargeton pour Paris à la fin de la première partie, retour à Angoulême au début de la troisième, nouveau départ enfin de Lucien avec Carlos Herrera pour la capitale à la fin du récit.

La dimension picturale de ce triptyque est accentuée par la technique des portraits : d'une partie à l'autre, les personnages se répondent, jamais conçus isolément mais toujours en symétrie ou en opposition ; « Le contraste produit par l'opposition de ces deux figures fut alors si vigoureusement accusé qu'il aurait séduit la brosse d'un grand peintre », écrit Balzac à propos de David et Lucien. Loi des contraires qui commande la distribution des personnages. Aux couples initiaux David/Ève et David/Lucien se substituent à la fin les couples David/Ève et Herrera/Lucien. À la liaison platonique Mme de Bargeton/Lucien du début, la liaison charnelle Coralie/Lucien dans la deuxième partie. Celle-ci ayant d'ailleurs son pendant dans le duo Florine/Lousteau. De même, l'association Lousteau/Lucien préfigure la complicité finale de ce dernier avec Herrera. Système dense d'oppositions qui régit aussi des groupes : hauteurs aristocratiques d'Angoulême/bas quartiers bourgeois et industriels ; clan des Séchard/clan des Cointet ; monde des journalistes viveurs et cyniques/fraternité idéalisée du Cénacle ; écrivains et libraires ; courtisanes et femmes de l'aristocratie.

Le roman de la désillusion

Cette dernière « Scène de la vie de province », conçue par le romancier comme « un anneau qui joint les deux âges de la vie », s'inscrit dans le sillage du roman d'apprentissage européen au XIXe siècle. Il décrit un double apprentissage : celui de David Séchard et de Lucien Chardon, deux jeunes provinciaux qui viennent d'achever leurs études et se lancent, pleins d'espérances, à l'assaut de la vie. L'un sera inventeur, l'autre poète. Mais tous deux perdront leurs illusions et devront, dans la souffrance, renoncer à leurs rêves. *Illusions perdues* est le roman du désenchantement, celui d'une jeunesse qui se heurte à la fois aux réalités du monde social (le capitalisme féroce des Cointet, l'univers sans scrupule du journalisme et de l'édition) et aux lois régies par les pères : égoïsme du vieux Séchard pour David, arrivisme du baron du Châtelet pour Lucien, dont le nom paternel constitue un perpétuel obstacle à ses rêves d'ascension sociale.

Mais le fil conducteur du récit, c'est Lucien, dont la trajectoire emblématique illustre le thème de la désillusion. Celle-ci est double, amoureuse et sociale. La beauté et le prestige de Mme de Bargeton reposent sur une illusion qui se nourrit des rêves de distinction et d'ascension qu'elle incarne : « Il ne remarqua point la flétrissure des joues couperosées [...], son imagination s'empara de cette éclatante blancheur, points lumineux auxquels il se prit comme le papillon aux bougies. » Aussi la Muse d'Angoulême ne résiste-t-elle pas à la comparaison avec les femmes de l'aristocratie parisienne : « Lucien [...] vit enfin dans la pauvre Anaïs de Nègrepelisse la femme réelle, la femme que les gens de Paris voyaient ; une femme grande, sèche, couperosée, fanée. »

Socialement, le héros échoue aussi : son échec a des causes objectives ; la réalité ne coïncide pas avec le rêve, comme le déclare Lousteau : « Mon pauvre enfant, je suis venu comme vous le cœur plein d'illusions [...] mon effervescence me cachait le mécanisme du monde ; il a fallu le voir, se cogner à tous les rouages, heurter les pivots, me graisser aux huiles, entendre le cliquetis des chaînes et des volets. » L'idéal se brise contre la machine sociale et le théâtre scintillant du monde, dont Balzac nous présente les coulisses.

Mais l'échec a aussi des causes subjectives : Lucien est un velléitaire qui n'a pas les moyens de son ambition : « J'ai des ambitions démesurées, mon vouloir ne va que par accès », confesse Lucien. Son manque d'énergie, sa passivité lui font choisir la facilité pour parvenir au plus vite, quitte à sacrifier son talent littéraire et à trahir ses idéaux de jeunesse. « Il rêve et ne pense pas, il s'agite et ne crée pas », dit de lui d'Arthez. Rejetant les leçons du Cénacle, il opte pour le journalisme et ses succès éphémères. C'est que Lucien est un être foncièrement féminin (« c'est une femmelette qui aime à paraître », poursuit d'Arthez).

Un roman d'initiation

Mais avec le personnage de Lousteau, le destin de Lucien revêt une dimension fantastique et mythique. Le récit d'apprentissage devient un récit initiatique. Lousteau est l'ange déchu, le corrupteur qui garde le seuil de l'enfer parisien. Comme l'écrit Balzac, « il clame son désespoir de damné qui ne peut plus quitter l'enfer ». Et, du haut de l'allée de l'Observatoire, il montre à Lucien la ville « qui fume dans le déclin du jour », métropole fantastique et inquiétante, lieu de toutes les déchéances, décrite comme « un bourbier », « une cuve en fermentation ». Les références à *La Divine Comédie* ne cessent alors de hanter le roman.

En face du luciférien Lousteau se dressent les anges du Cénacle, incarnations de l'innocence, « vivante encyclopédie d'esprits angéliques ». Entre ces deux voies, Lucien (étymologiquement, le lumineux) doit choisir. À la loi du travail et de la patience intègre, il préfère la loi de l'or et du plaisir. La scène du Luxembourg, sorte d'éden où se tient encore le personnage, est un lointain écho de la scène de l'Évangile où Satan vient tenter le Christ qui s'est réfugié dans le désert. Ce que décrit le livre, c'est la chute d'un ange, la perte de l'innocence.

Rétrospectivement, l'adolescence angoumoise apparaît comme une sorte de paradis perdu, monde clos et protecteur entre la sœur et la mère. Ainsi que le suggère cette première apparition du héros, aux côtés de David : « Tous deux s'assirent sous un berceau [...]. Les rayons du soleil qui se jouaient dans les pampres de la treille caressèrent les deux poètes en les enveloppant de sa lumière comme d'une auréole. » L'histoire commence devant ce vitrage de la cour de l'imprimerie Séchard et se terminera, pour Lucien, derrière la fenêtre à barreaux de la Conciergerie, dans cette prison décrite par le romancier comme le « pandémonium parisien ». Au vitrage/vitrail répond le vitrage brisé auquel il se pend et qui le sépare de la clarté.

La métaphore de la chute jalonne d'ailleurs le récit. À l'envol social de Rastignac, comparé à un cerf-volant lors de la soirée à l'Opéra, s'oppose la « chute icarienne » de Lucien. Le « papillon » d'Angoulême s'est approché trop près du soleil du faubourg Saint-Germain, et Paris sera pour lui le lieu de l'errance et de l'exil.

Cette dimension mythique est encore accentuée à la fin de la troisième partie, avec la rencontre de Carlos Herrera, alias Vautrin, en réalité le forçat évadé Jacques Collin. Au pacte avec Lousteau répond le pacte infernal avec Herrera. Pour la deuxième fois, Lucien succombe, en devenant cette fois le secrétaire de l'étrange abbé. « Pacte d'homme à démon, d'enfant à diplomate », écrit Balzac. Mais Vautrin est bien plus que le journaliste, simple intermédiaire du mal, il est le mal lui-même, Satan : « voyageur tout vêtu de noir », « au visage couturé comme si, dans son enfance il fût tombé dans le feu ». Jadis décliné par Rastignac, le pacte est accepté par Lucien, avec un « mon père je suis à vous », qui résonne comme un détournement de la prière chrétienne.

Illusions perdues, un roman réaliste

En même temps que le récit d'un désenchantement, le roman est un violent réquisitoire contre la société de la Restauration. Derrière l'opposition de la province et de Paris se dissimule une même réalité, celle de l'argent, qui meut les individus et mobilise les énergies. Le vieux Séchard est un avare indifférent au sentiment paternel, les Cointet n'obéissent qu'à une obsession, ruiner l'imprimerie de David et s'emparer de son invention. « Sec et maigre, la figure jaune comme un cierge et marbrée de plaques rouges », le grand Cointet est « dévoré par la soif des richesses et des honneurs ». Il incarne l'ambition et l'avidité de la bourgeoisie. Il a son double dans les personnages parisiens de Finot, l'entrepreneur de presse sans scrupules, et Dauriat, le libraire cynique. À l'exception de David et Ève ou de Coralie, tous les personnages sont mus par l'argent. Celui-ci est le moteur du drame : les dettes de Lucien, en l'acculant à la ruine, l'obligent à écrire un article qui lui vaudra son exclusion de l'aristocratie parisienne ; ce sont elles encore qui entraîneront la faillite des Séchard et la vente du brevet d'invention aux Cointet. À Angoulême comme à Paris tout s'achète et se vend : l'intelligence, les femmes, les titres, les réputations. La prostitution, ici représentée par Coralie et Florine, actrices entretenues par des bourgeois, est la métaphore d'une société où tout est devenu marchandise. À Lucien qui cherche à placer ses manuscrits, Dauriat rétorque : « Je fais des spéculations en littérature [...]. Je ne suis pas ici pour être le marchepied des gloires à venir, mais pour gagner de l'argent. » Déclaration à laquelle fait écho cette profession de foi du journaliste Blondet : « Nous sommes des marchands de phrases et nous vivons de notre commerce. »

Ce que dénonce Balzac, dans sa description minutieuse des milieux de l'édition et du journalisme, c'est l'emprise de l'argent sur les productions de l'esprit, l'assujettissement de celui-ci aux lois économiques de la grande presse et de la librairie. Analyse impitoyable du capitalisme de son temps. Produire plus et à moindre coût du papier, pour les Cointet ; vendre par tous les moyens, y compris le chantage, pour Finot et le libraire Dauriat.

L'analyse économique se double d'une condamnation morale. L'art est asservi au pouvoir de la grande presse, préfiguration de la puissance actuelle de nos modernes médias, faisant et défaisant les réputations. Pas de chef-d'œuvre possible sans l'aval de ceux-ci, telle est la leçon de la rude tirade de Lousteau. « On n'entre ici qu'avec une réputation faite ! » s'exclame Dauriat. Or le ressort de celle-ci, c'est la publicité, c'est-à-dire le journal qui construit l'opinion et la guide. L'écrivain doit se faire journaliste s'il veut être publié. Mais il doit alors accepter d'écrire ce qu'il ne pense pas, comme Lucien qui rédige trois articles contradictoires contre Nathan, et trahit d'Arthez, en écrivant un compte rendu hostile de son œuvre. « La polémique, mon cher, est le piédestal des célébrités », affirme Lousteau. Or, pour vendre, le journal doit plaire, c'est « une boutique où l'on vend au public des paroles de la couleur dont il les veut », déclare Vignon.

Au-delà, Balzac entrevoit les conséquences sociales et politiques d'un tel pouvoir : « Le journalisme est dans l'enfance, il grandira. Tout dans dix ans sera soumis à la publicité [...] Elle flétrira tout [...] elle fera des rois et défera des monarchies... » Scellant le règne versatile de l'opinion publique et le triomphe de la démagogie. La cause profonde ? La recherche du profit qui engendre la substitution de la publicité à l'information : « Un journal n'est plus fait pour éclairer, mais pour flatter les opinions. » *Illusions perdues* se nourrit de l'expérience journalistique de Balzac, de sa connaissance intime du milieu des journalistes et des libraires. Il analyse l'ivresse que le journaliste tire de sa puissance médiatique, assimilée d'ailleurs à une véritable jouissance sexuelle. Lucien rédige son premier article lors d'une orgie chez Florine. « Vous aurez la virginité de ma plume », déclare-t-il à Coralie ; « Si j'ai les prémices de ta plume, tu auras celles de mon cœur », rétorque celle-ci. Et le journaliste vierge perd son pucelage en même temps qu'il rédige son premier compte rendu.

En même temps qu'une condamnation morale d'un phénomène de masse, le roman est une satire des mœurs journalistiques : cynisme, corruption, absence de déontologie. Apanages d'un univers qui obéit à la seule loi de la jouissance. À l'inverse du Cénacle, construit sur les valeurs du travail et de l'amitié. Pour avoir refusé celles-ci, Lucien se retrouvera seul, ruiné, condamné à écrire des chansons libertines, sa dernière œuvre, à côté du cadavre de Coralie, pour payer l'enterrement de sa maîtresse.

Scènes de la vie parisienne

PRÉSENTATION DU CYCLE

Structure d'ensemble

Occupant quatre volumes dans le Catalogue de 1845 et numérotées de 50 à 69, les « Scènes de la vie parisienne » regroupent vingt récits, dont quinze ont été publiés. C'est un ensemble composite comprenant des textes de longueur très variable, de la nouvelle, comme *Facino Cane* ou *Sarrasine*, au roman court, comme *Ferragus*, jusqu'à la fresque romanesque, avec *Splendeurs et misères des courtisanes*. Cette diversité reflète la volonté encyclopédique de l'écrivain de peindre la ville dans sa multiplicité sociologique. D'ailleurs, sur les vingt titres projetés, dix désignaient par son nom ou par l'une de ses caractéristiques le personnage central de l'œuvre, six autres évoquant des catégories sociales ou professionnelles. C'est ainsi toute la société parisienne, de l'aristocratique faubourg Saint-Germain de *La Duchesse de Langeais* aux petits-bourgeois des *Employés*, en passant par la bourgeoisie commerçante du Marais (*Grandeur et décadence de César Birotteau*), qui est décrite.

Derrière cette diversité, une unité pourtant, conférée par les deux trilogies inaugurale et finale de ce volet parisien : l'*Histoire des Treize* et *L'Envers de l'histoire contemporaine*. Avec, au centre, pivot du cycle et dixième récit, *La Dernière Incarnation de Vautrin*. Les premières relatant les agissements souterrains et occultes de deux associations secrètes, l'une faisant le mal, les « Dévorants », l'autre au service du bien, les « Frères de la Consolation ». Placée en conclusion des scènes parisiennes, cette dernière, inaboutie, ouvrait une perspective optimiste au pessimisme sombre dont est empreint l'ensemble. La position médiane du dixième ouvrage constituant une sorte de synthèse et de conciliation possible dans cet univers déchiré de la ville.

Balzac, piéton de Paris

Le personnage central, le véritable acteur, c'est Paris. Sa géographie, son décor, son activité incessante façonnent les héros, déterminent leurs destins. Inséparables de ce cadre urbain où ils évoluent, ils sont malgré eux les protagonistes d'un drame collectif qui les dépasse. Lucien de

Rubempré sera broyé par Paris, comme le couple Jules, au centre de *Ferragus*, sera brisé lui aussi par la ville. Venue d'un lointain ailleurs, la fille aux yeux d'or mourra dans le huis clos doré de l'hôtel San-Réal. Et c'est la rencontre du dandy de Marsay sur la terrasse des Feuillants qui décidera de son sort tragique.

Architecture dramatique mais aussi pittoresque qui sert de toile de fond aux récits. Flâneur impénitent – « Oh ! errer dans Paris ! adorable et délicieuse existence ! Flâner est une science, c'est la gastronomie de l'œil » (*Physiologie du mariage*) –, Balzac conduit son lecteur dans un Paris souvent inconnu ou absent des livres. « Rues infâmes », maisons closes, demeures orgueilleuses des parvenus comme Nucingen, quartiers bourgeois de César Birotteau, hôtels du faubourg Saint-Germain, préau du Palais de justice ; c'est la ville entière qui est arpentée, inventoriée, à la façon des *Tableaux de Paris* de Sébastien Mercier ou des *Nuits de Paris* de Restif de La Bretonne, le siècle précédent.

Mais c'est toujours un Paris ambigu, inquiétant, que décrit Balzac : cachant sous ses ors des secrets inavouables, secoué de machinations sourdes (financières ou amoureuses), traversé d'une violence souterraine faite de crimes, d'enlèvements, de viols. Aussi y a-t-il deux villes : l'une le jour, légale et trompeuse, l'autre nocturne et menaçante. Or le héros balzacien sort le soir : « À midi, tout est vivant, les cheminées fument, le monstre mange [...] Beau spectacle. [...] Mais, ô Paris ! qui n'a pas entendu tes murmures entre minuit et deux heures du matin, ne connaît encore rien de ta vraie poésie, ni de tes bizarres et larges contrastes » (*Ferragus*).

La Fille aux yeux d'or

Genèse et publication

Ce troisième volet de l'*Histoire des Treize* est annoncé dès la postface de *Ferragus*, mais avec un titre légèrement différent : « La Fille aux yeux rouges ». Il paraît en deux livraisons, le premier chapitre intitulé « Physionomies parisiennes » en avril 1834, dans le troisième volet des « Scènes de la vie parisienne », les deux derniers chapitres en mai 1835, dans le quatrième volume de celles-ci. Ce découpage disparaît dans l'édition de *La Comédie humaine*.

RÉSUMÉ

Précédé d'une vaste fresque sociologique de la population parisienne, le récit commence avec l'apparition du personnage de de Marsay, dandy cynique, membre de la société secrète des « Treize », qui rencontre, en avril 1815, sur la terrasse des Feuillants, une jeune femme mystérieuse dont la beauté exceptionnelle l'attire. Mais celle-ci est surveillée par une duègne et un mulâtre et vit pratiquement recluse. Il obtient néanmoins un rendez-vous, auquel il se rend dans des conditions rocambolesques.

Lors d'un troisième rendez-vous tout aussi secret, il s'entend appeler « Mariquita » par la jeune femme au moment où tous deux sont au comble du plaisir. De Marsay décide alors de se venger et, avec l'aide de Ferragus, le chef des « Treize », il pénètre dans l'hôtel de San-Réal où Paquita Valdès est retenue. Il arrive alors que celle-ci vient d'être poignardée par son amante, la marquise de San-Réal. Au milieu de la chambre ensanglantée, il découvre que celle-ci est sa sœur...

COMMENTAIRE

Du côté de Gomorrhe

Il s'agit là du récit le plus osé de *La Comédie humaine*, écrit dans la lignée des romans libertins du XVIIIe siècle de Laclos et de Sade. En abordant le thème de l'homosexualité féminine, Balzac reprend un thème d'actualité. La liaison de George Sand et Marie Dorval défrayait la chronique et l'écrivain avait recueilli Jules Sandeau, le mari transi de la célèbre romancière. Dans ses *Confessions*, Arsène Houssaye se faisait l'écho du saphisme alors en vogue dans la haute société parisienne. En 1835, Théophile Gautier abordait dans *Mademoiselle de Maupin* le même thème. Enfin, on trouve dans *Fragoletta* de Latouche, dont Balzac fit d'ailleurs le compte rendu dans la presse, une intrigue et un dénouement semblables à celui de *La Fille aux yeux d'or*. La Fragoletta, qui est l'amante du général d'Hautefeuille, séduit, déguisée en homme, une jeune femme qui s'avérera la sœur de celui-ci.

Mais surtout la passion homosexuelle s'inscrit comme l'un des thèmes obsédants de l'univers balzacien. Déjà dans *Sarrasine*, le romancier montrait son héros épris d'une cantatrice, en réalité un castrat. Plus tard, *Splendeurs et misères des courtisanes* décrira à travers la relation Vautrin/Ferreira l'homosexualité masculine.

La Fille aux yeux d'or est donc une variation sur le thème de l'homosexualité. Paquita est séquestrée par sa maîtresse et réduite à l'état d'esclave. Motif oriental du sérail qui jalonne le récit. Ignorant tout de l'homme, elle découvre avec de Marsay le plaisir hétérosexuel. Mais c'est après l'avoir déguisé en femme qu'elle s'offre à lui. De même, au plus fort de la jouissance, elle crie le prénom de son amante, dont le dandy est un double. Celui-ci apparaît d'ailleurs foncièrement ambigu : à la fois viril – « il coupait une balle à dix pas, de la lame d'un couteau [...] savait battre un homme du faubourg au terrible jeu de la savate ou du bâton » – et féminin ; comparé à Adonis, il est « le plus joli garçon de Paris », « il a une peau de femme », féminité qu'accentue sa ressemblance physique avec la marquise sa sœur : « Deux ménechmes[1] ne se seraient pas mieux ressemblés[2]. »

Le pouvoir des femmes

Dandy, « tigre » qui cherche à dominer, incarnation du pouvoir masculin, est ici frustré de son désir de domination, sevré de son plaisir. La nouvelle subvertit secrètement la virilité jusque dans ce qui la fonde, la jouissance sexuelle. « Au moment où de Marsay oubliait tout, et concevait le désir de s'approprier à jamais cette créature, il reçut au milieu de sa joie un coup de poignard qui traversa son cœur mortifié pour la première fois. » Et lorsque la marquise découvre sa prodigieuse ressemblance avec son rival, elle comprend que son pouvoir était encore intact sur Paquita, que celle-ci n'avait jamais aimé qu'un reflet d'elle. « Elle était aussi peu coupable qu'il était possible », commente-t-elle.

Le seul bénéficiaire du drame, c'est, au bout du compte, ni de Marsay, dont le pouvoir est battu en brèche, ni sa sœur, qui vient de tuer son amante, mais la mère de Paquita, la duègne joueuse qui recevra en compensation de l'or, mais un or qui sera recyclé dans le jeu et reviendra du même coup à Paris, véritable actant du récit. « Enfer », « éternel cratère » qui commande les destinées individuelles.

Sous le signe de Delacroix

Dédiée au grand peintre romantique, la nouvelle est écrite en référence à la peinture de celui-ci. Deux couleurs, fréquentes dans les tableaux de Delacroix, scandent le récit, l'or et le rouge : or des yeux de Paquita, or qui

1. Désigne deux jumeaux. Du titre d'une pièce de Plaute inspirée du poète grec Ménandre.
2. N. Mozet, *Balzac au pluriel*, PUF, 1990.

meut l'univers parisien ; rouge du boudoir de Paquita, du canapé du premier rendez-vous, de la robe dont elle vêt de Marsay ; emblème du désir, de la défloration de la jeune femme et de la mort. Rougeoiement de la ville dantesque et monstrueuse à l'arrière-plan. Et la nouvelle se termine dans un éclaboussement écarlate. Référence encore à Delacroix, le thème oriental qui parcourt le livre. L'hôtel San-Réal est un sérail avec son odalisque captive, le mulâtre muet évoque les eunuques, de Marsay est décrit comme un « despote oriental », un « roi d'Orient ». Le décor est résolument oriental, à la manière du Delacroix peignant les *Femmes d'Alger dans leur appartement*, tant admiré par l'écrivain. Enfin, il faudrait noter le bestiaire exotique auquel sont comparés les personnages : la duègne est une « hyène », de Marsay un fauve qui « laisse éclater le rugissement du tigre dont une gazelle se serait moquée » et la marquise un animal qui vient de dépecer sa proie. On retrouve là encore le Delacroix animalier, fasciné par la violence des fauves qu'il a tant peints.

Splendeurs et misères des courtisanes

Genèse et publication

C'est en 1838 qu'est rédigé le premier texte qui appartiendra à ce vaste roman : il est centré sur Esther Gobseck, la courtisane, et s'intitule *La Torpille*. Titre qui apparaissait déjà en marge du manuscrit du *Père Goriot*, trois ans auparavant. Il est publié en décembre 1838, chez Werdet, à la suite de *La Maison Nucingen*. Entre-temps, Balzac écrit la suite des aventures de Lucien de Rubempré (« Un grand homme de province à Paris »). En 1843, il s'attelle à la troisième partie d'*Illusions perdues*, qui paraîtra en juin, un mois après la publication de *La Torpille* en feuilleton.

Ce n'est qu'en août 1844 que *La Torpille*, qui comprend alors quatre parties, est publié, intégralement, sous le titre de *Splendeurs et misères des courtisanes*. À la fin de l'année, nouveau remaniement, les quatre parties sont ramenées à deux : « Comment aiment les jeunes filles » et « À combien l'amour revient aux vieillards ».

Cependant, dès juillet, Balzac envisage une suite (*La Dernière Incarnation de Vautrin*) qui regroupera les deux dernières parties de l'actuelle édition (« Où mènent les mauvais chemins », « La dernière incarnation de Vautrin »). La première paraît dans *L'Époque* du 7 au 29 juillet 1846. Il faut attendre janvier 1847 pour que l'ouvrage soit achevé, avec la rédaction de la quatrième partie du roman. Celle-ci ne sera intégrée à *La Comédie humaine* qu'après la mort de l'auteur.

RÉSUMÉ

• Première partie

Le lecteur retrouve Lucien de Rubempré deux ans après, à Paris, au bal masqué de l'Opéra où il effectue un retour triomphal. À son bras une jeune femme d'une exceptionnelle beauté, Esther Gobseck, surnommée « La Torpille ». Dans son sillage, un étrange personnage masqué lui aussi : Carlos Herrera, alias Vautrin. Mais Esther, malgré son masque, est reconnue par les dandys présents. Pour ne pas compromettre l'ascension de son protégé, Herrera fait enfermer la courtisane dans un couvent, où il lui donne une éducation mondaine.

Lorsqu'il estime celle-ci achevée, il autorise à nouveau la liaison de Lucien et d'Esther, mais en la soumettant à de rigoureuses conditions. Une nuit, « La Torpille » est entrevue par le banquier Nucingen, qui s'éprend d'elle et lance deux policiers, Peyrade et Cotenson, à ses trousses. Dans le même temps, Lucien fait une cour assidue à Clotilde de Grandlieu, riche héritière d'une famille du faubourg Saint-Germain. À travers ce mariage, Herrera espère ouvrir les portes d'une carrière politique brillante au jeune homme. Mais l'intervention de Nucingen compromet ce projet.

• Deuxième partie

Vautrin contraint alors Esther à devenir la maîtresse du banquier, afin de lui soutirer le million dont Lucien a besoin pour racheter une terre nécessaire à l'obtention du titre de Rubempré, condition obligée de son établissement dans le monde. L'entrée en scène de Corentin, chef de la police secrète, vient faire échouer l'entreprise au terme d'une série de rebondissements : Herrera est démasqué, l'origine de la fortune de Lucien révélée aux Grandlieu, Esther se suicide après avoir cédé à Nucingen, le jour même où l'on apprend qu'elle hérite des sept millions de l'usurier Gobseck. Vautrin et Lucien sont arrêtés.

• Troisième partie

Elle décrit l'instruction et les dessous de la machine judiciaire. Tout se passe dans un lieu clos : la prison de la Conciergerie. Habilement manœuvré par le juge Camusot, Lucien avoue et dénonce Herrera. Au même moment, celui-ci, grâce à la complicité de sa sœur Jacqueline (Asie), rétablissait la situation, en faisant intervenir Mme de Serizy et la duchesse de Maufrigneuse, ex-maîtresse de Lucien, et dont il possède des lettres compromettantes. Ignorant ce qui se trame, désespéré, Lucien se pend dans sa cellule.

• Quatrième partie

Elle est fertile en rebondissements. Vautrin finit par dévoiler au procureur Grandville sa véritable identité. Ce dernier, soumis aux pressions de M. de Serizy et de Mme de Maufrigneuse, conclut un marché avec l'ancien forçat : contre la remise des lettres compromettantes, il relaxera Vautrin et épargnera la vie de Calvi, ancien compagnon de bagne de celui-ci. Relâché sur parole, l'ancien bagnard règle ses affaires et remet les lettres. Il devient ainsi l'adjoint de Bibi-Lupin, chef de la Sûreté et forçat lui aussi. Le livre s'achève l'année 1830.

COMMENTAIRE

La transgression du roman-feuilleton

Avec ses péripéties multiples, ses rebondissements, ses coups de théâtre, le récit relève du roman-feuilleton alors en vogue et solidaire du développement d'une presse de masse. Tous les ingrédients du genre se retrouvent dans une intrigue compliquée. Coïncidences forcées, comme la rencontre, la nuit, du banquier Nucingen et d'Esther ou celle de Corentin et de Lydie. Soudains retournements de situation, tels que la lettre anonyme de Corentin qui interdit à Lucien l'accès à l'hôtel des Grandlieu ou le marché conclu entre Collin, le bagnard, et le procureur Grandville. Coups de théâtre enfin, comme le suicide d'Esther.

Outre les stéréotypes narratifs du genre, Balzac exploite les personnages parfaitement codés du feuilleton : le forçat évadé et contraint à la clandestinité, la courtisane au grand cœur, espions et policiers acharnés à la perte du héros. Les procédés romanesques sont, eux aussi, empruntés aux lois du genre : lettres anonymes, chantage, poursuites nocturnes, empoisonnements, suicides, enlèvements, déguisements. En cela, Balzac ne se distingue pas d'un Eugène Sue écrivant *Les Mystères de Paris*, publiés en 1843, ou d'un Alexandre Dumas rédigeant *Le Comte de Monte-Cristo*, paru en 1844. Il s'agit d'abord d'exploiter un filon qui rencontre l'adhésion du public.

L'originalité balzacienne est ailleurs. Elle réside dans un détournement des lois du genre, au profit des grandes obsessions de l'écrivain. Là où le roman-feuilleton reposait sur un manichéisme simplificateur, *Splendeurs et misères des courtisanes* repose sur un brouillage systématique des valeurs. Le héros cesse d'incarner le bien dans son combat contre le mal, comme le Rodolphe des *Mystères de Paris*, il est faible, corrompu, lâche. La force qui le meut n'est pas la justice, comme le Dantès de Dumas, mais le désir d'arriver, de se faire une place au soleil. De la même façon, ceux qui devraient incarner la légitimité sociale, le policier Corentin et ses espions, utilisent les mêmes méthodes que ceux contre lesquels ils luttent. La justice elle-même, représentée par le procureur Grandville et le juge Camusot, n'est pas innocente : le premier, désireux de devenir pair de France, se soumet aux pressions des grandes familles du faubourg Saint-Germain, le second, qui rêve de succéder à Grandville, interrompt les poursuites contre Collin. Quant au dénouement, inspiré de l'histoire de Vidocq, ancien bagnard devenu chef de la police, il contredit les règles du feuilleton en faisant entrer Vautrin dans la police. De telles transgressions sont nombreuses ; citons entre autres l'importance de la sexualité, traditionnellement absente de la littérature populaire. Collin est homosexuel, Lucien se partage entre Esther et son protecteur, Nucingen, est un vieillard libidineux rongé par son désir physique d'Esther, la comtesse de Serizy et la duchesse de Maufrigneuse ont écrit des lettres crues et par là-même compromettantes à leur ancien amant. Il y a dans *Splendeurs et misères des courtisanes* toute une physiologie quasi clinique de la sexualité, qui va à l'encontre des habitudes littéraires de l'époque. Citons cet extrait d'une tirade d'Asie à Nucingen : « Si je décide madame à se montrer comme votre maîtresse [...] vous me croirez bien capable de l'amener à vous livrer le passage du Grand-Saint-Bernard. [...] Il y a là, pour faire passer votre artillerie, autant de tirage que pour le premier consul dans les Alpes. »

En même temps qu'une physiologie, le roman est une sociologie de la sexualité, décrivant les réalités sociales de la prostitution : univers des bordels qui sert d'arrière-plan au récit, monde trouble des entremetteuses comme Asie, prostitution des enfants (Esther a été le « rat » de des Lupeaulx, Asie a pu se payer « le luxe d'avoir des gamins »).

« Daguerréotyper une société »

Cette expression, utilisée par Balzac dans sa préface, reflète l'exigence d'un réalisme intégral qui veut peindre le dessus et le dessous du monde social. *Illusions perdues* avait décrit les coulisses de la gloire, la suite montrera la face nocturne du drame social, la lutte sourde qui mine la société.

Celle-ci est symbolisée par l'affrontement Collin/Corentin. Le premier incarne l'individu qui cherche à « s'égaler à la société », comme l'écrit Balzac, à faire valoir ses droits, à être reconnu dans ses mérites et ses talents. Il incarne une revendication individuelle née avec la Révolution française et exprimée à travers le romantisme.

Et ce, d'autant plus que l'individu découvre que le monde est régi par l'argent : « Il n'y a plus d'opinions, il n'y a que des intérêts », déclare des Lupeaulx. C'est le règne de Nucingen, le banquier sans scrupules. Et le bagnard pourra rétorquer à son juge qu'« un Nucingen a été J. Collin légalement et dans le monde des écus ». Parce qu'il n'y a plus désormais de fondement légitime au monde social, tout est permis. « Il n'y a plus de lois, il n'y a que des mœurs, c'est-à-dire des simagrées, toujours la forme », affirmait Herrera à Lucien à la fin d'*Illusions perdues*. De là, ce motif récurrent du déguisement, de l'apparence, du théâtre qui court tout au long du récit.

Dans cette « guerre », les uns sont broyés, comme Lucien ou Esther, les autres sont vainqueurs, comme Rastignac, Camusot, des Lupeaulx ou Vautrin. Mais il n'y a aucune morale ici ; seuls les plus énergiques, les plus forts triomphent. Pourtant la révolte est aussi une impasse, elle condamne Collin à la solitude et à la marginalité, elle fait de lui un être sans identité (ce sont les innombrables masques de Vautrin), un éternel déclassé, voué à l'errance : « J'ai toutes les conditions qui font le Sauvage », déclare le forçat. C'est pourquoi il choisit la voie de la réconciliation avec la société et se met à son service, mettant fin à une guerre destructrice. « Je suis le général du Bagne et je me rends [...] Je n'ai pas d'autre ambition que d'être un élément d'ordre et de répression. »

Du côté de Sodome

Mais le cœur du livre, c'est sans doute ce foyer obscur et troublant que constitue la relation Collin/Lucien et dans laquelle se trouvent cristallisés quelques-uns des thèmes majeurs de l'imaginaire balzacien. Et d'abord celui de la délégation. Condamné à se cacher, Herrera agit, vit et rêve à travers un autre. Mort aux yeux du monde social, il revit en Lucien. Celui-ci est son double, simple incarnation passagère en un corps sublime de son âme. « Ce personnage ignoble et grand [...] dévoré surtout d'une fièvre de vie, revivait dans le corps élégant de Lucien. » « Il s'agit de mon beau moi », s'écrie-t-il. En ce sens il apparaît comme un double de l'écrivain, physiquement et moralement. Comme le romancier qui crée ses personnages, Herrera façonne Lucien (« j'ai tout connu de toi », lui dit-il) ; comme l'écrivain, il mène à travers ses héros une seconde vie plus intense, plus réussie que la sienne.

Mais en même temps, il est à la fois le père et la mère de Lucien. Il lui rend un nom que le père réel, l'apothicaire Chardon, n'avait pu lui donner. Il répare l'absence de ce père mort. Paternité, mais surtout maternité, car il lui offre le dévouement, la tendresse d'une mère, jouant auprès de lui le rôle de la mère et de la sœur absentes. « Enfant, tu as dans le vieil Herrera, une mère dont le dévouement est absolu », lui fait dire Balzac.

Ce rapport à la féminité éclaire le couple d'un jour étrange. Derrière la complicité sociale se profile une relation homosexuelle qui, si elle n'est jamais explicite en raison des mœurs du temps, n'en est pas moins réelle et insistante. Plus le récit avance, plus l'homosexualité de Collin est déclarée. Dans la dernière partie, il retrouve Théodore Calvi, son compagnon de bagne, mais surtout sa « tante ». Il appartient à ce que Balzac nomme dans le livre « le troisième sexe ». Sa haine des femmes est déclarée hautement : « Vous êtes une misérable femelle, vous aimez en femelle ! » lance-t-il à Esther. Ce qui le séduit en Lucien, c'est la beauté de « cet homme à moitié femme », qu'il va séduire sur une route de Charente, et qui va prendre la place de sa « tante » : « J. Collin venait chercher son Corse à Rochefort, lorsqu'il rencontra Lucien », écrit Balzac.

Quant à ce dernier, s'il aime les femmes, ses rapports avec le forçat ont une dimension physique que suggère le texte à plusieurs reprises, comme en témoigne ce passage : « Les succès, la vanité satisfaite lui avaient asservi le corps et l'âme de ce poète si faible. » Lucien est à Collin ce qu'Esther est à Nucingen : une courtisane. Donnant ainsi tout son sens au pluriel énigmatique du titre. Peut-être la beauté du roman tient-elle en partie à cette relation trouble et ambiguë qui unit les deux personnages, conférant soudain à l'ouvrage une profondeur étrange. « Là, sous l'action apparente et extérieure du drame, circulent les mystérieuses lois de la chair et du sentiment », écrira M. Proust dans son *Contre Sainte-Beuve*.

Scènes de la vie politique

PRÉSENTATION DU CYCLE

Il devait comprendre huit récits, dont quatre seulement furent menés à terme : deux nouvelles (*Un épisode sous la Terreur*, *Z. Marcas*) et deux romans (*Une ténébreuse affaire*, *Le Député d'Arcis*). Encore ce dernier est-il resté inachevé. Selon l'*Introduction aux Études de mœurs*, ils devaient mettre en scène des personnages destinés par leurs fonctions à se placer « au-dessus des lois auxquelles étaient asservis les personnages des trois séries précédentes ». Au travers d'eux, Balzac voulait « exprimer les mouvements de l'Histoire et montrer la pensée aux prises avec celle-ci ».

Qu'en est-il en réalité de cet élargissement de la sphère privée à la sphère collective, de cette échappée de *La Comédie humaine* vers la grande histoire en train de se faire ? Le résultat est plutôt décevant. *Un épisode sous la Terreur* tient davantage de l'anecdote que du roman historique. Il est centré sur un personnage mystérieux – en fait le bourreau Sanson, dont on ne découvrira l'identité qu'à la fin – qui est à la recherche d'un prêtre réfractaire pour faire dire une messe pour le repos de Louis XVI. Beaucoup plus fort, *Z. Marcas* est le récit d'un génie politique méconnu qui meurt dans la misère. Thème cher à l'écrivain et qui est beaucoup plus proche des *Études philosophiques* que des « Scènes de la vie politique ».

Seule *Une ténébreuse affaire* émerge de l'ensemble. *Le Député d'Arcis* constitue une sorte de suite. Situé dans l'Aude comme le précédent, il reprend quelques-uns des protagonistes du drame et décrit une campagne électorale sous la monarchie de Juillet. Au centre, la jeune Cécile Beauvisage, enjeu d'une âpre rivalité politique opposant les différents clans d'Arcis. Le récit s'interrompt sur un retour en arrière qui explique l'arrivée d'un nouveau candidat imprévu venu de Paris, Maxime de Trailles, et représentant du régime en place. Balzac décrit longuement le jeu des alliances familiales et politiques, retrace la genèse des fortunes et brosse une satire mordante de la bourgeoisie philipparde. Derrière ce tableau de la province politique en 1839 se profile la lente coulée de l'Histoire : les rancunes héritées de l'affaire Simeuse sont encore présentes, mais les temps ont changé, les anciens clivages entre l'aristocratie des Cinq-Cygne et la noblesse d'Empire des Gondreville s'estompent et une alliance se fait jour pour faire obstacle aux libéraux emmenés par l'ambitieux Giguet.

Z. Marcas

Il s'agit d'une brève nouvelle parue le 25 juillet 1840, dans le premier numéro de *La Revue parisienne*, périodique éphémère fondé par Balzac.

Un double de Balzac

Physiquement, Marcas est un double du romancier, avec « son nez court, écrasé, large et fendu au bout comme celui d'un lion » et « son front partagé [...] par un sillon puissant, divisé en deux lobes vigoureux ». Moralement, il emprunte beaucoup à son créateur : son énergie, sa puissance de travail, son ambition politique surtout ; « Je veux le pouvoir en France et je l'aurai », écrivait Balzac à Mme Hanska, en mars 1836. Tous deux viennent de province pour chercher fortune et gloire à Paris. L'année où le narrateur fait la rencontre de Marcas est celle-là même où le romancier connut l'amer échec de la *Chronique de Paris*, dont il avait voulu faire le tremplin de sa carrière politique. Au reste, Marcas dirige aussi un journal, puis se voit remplacé par « un concurrent riche et insolent ». La nouvelle est un autoportrait désabusé où transparaît l'amertume des échecs subis et des illusions perdues.

Un récit à la première personne

Pour rapporter le destin tragique de son héros, Balzac adopte une solution originale : le récit « en abyme ». Le narrateur – Balzac lui-même – relate le récit que Charles Rabourdin, étudiant en droit parti pour la Malaisie, lui fit de la vie de Marcas, dont il était le voisin. Troisième niveau de narration, le récit que celui-ci fait de ses tentatives politiques avortées. Ce dernier apparaît donc à la fois directement, sous la forme du discours direct, et indirectement à travers le regard des deux étudiants qui logent à côté de sa mansarde. Sa confession est en même temps une initiation. Marcas met à nu le mécanisme du pouvoir et dévoile aux deux jeunes gens la réalité de la vie politique. Ceux-ci en tirent les leçons puisque l'on apprend, au début du récit, que Juste est en Asie et, à la fin, que le narrateur a, à son tour, quitté la France.

Un plaidoyer pour la jeunesse

La nouvelle expose le drame de la jeunesse sous la monarchie de Juillet : malgré son talent, sa générosité, son travail, elle ne trouve pas sa place dans un régime où l'argent et les titres permettent seuls de faire carrière. Cette jeunesse, c'est la jeunesse bourgeoise qui a participé aux journées de juillet 1830 et cru aux idéaux libéraux du nouveau régime. Or, très vite, celle-ci se découvre flouée, et l'enthousiasme cède la place au désenchantement. Illusions perdues là encore. C'est le Balzac déçu par Louis-Philippe qui dresse ici un réquisitoire violent contre le pouvoir en place.

« La jeunesse éclatera comme la chaudière d'une machine à vapeur. La jeunesse n'a pas d'issue en France », s'écrie Marcas.

Le récit du génie foudroyé

Marcas est un héros de la pensée, au même titre que Louis Lambert, Frenhofer ou Balthazar Claës. Mais, alors que ceux-ci sont avant tout des hommes de théorie que la puissance de leur intelligence dévore, Marcas est un homme d'action : le pouvoir est son élément. « Marcas était un véritable homme d'État. » « Semblable à Napoléon tombé », écrit Balzac. S'il échoue, c'est que l'époque n'accorde plus de place au génie. Sans vision de l'avenir, dépourvus du sens de l'intérêt général, les hommes politiques sont des nains. « Vous appartenez à cette masse décrépite que l'intérêt rend hideuse », lance Marcas au ministre venu demander son appui.

Mort à trente-cinq ans, Marcas dont le nom rappelle phonétiquement celui de l'auteur, exprime l'angoisse balzacienne obsédante d'une mort prématurée, alors même que l'œuvre entreprise demeure inachevée. Nouvelle projection de l'écrivain qui lit dans le « Z » du prénom de Marcas et de son nom « le zigzag aléatoire et fantasque d'une vie tourmentée ».

Une ténébreuse affaire

Genèse et publication

Conçue entre 1838 et 1840, l'œuvre est publiée en feuilleton, dans le journal *Le Commerce*, du 14 janvier au 20 février 1841. Elle est découpée alors en vingt chapitres précédés d'un titre. Elle ne trouvera sa présentation définitive en trois parties qu'avec l'édition Furne de 1846. Elle occupe alors la deuxième place dans les « Scènes de la vie politique ».

RÉSUMÉ

Intitulée « Le Judas », la première partie débute à l'automne 1803, sous le Consulat. Le « Judas », c'est Michu, l'intendant redouté de Malin, député de l'Aube, qui a racheté, à la faveur de la vente des biens nationaux, le domaine des Simeuse, vieille famille noble dont les enfants, deux jumeaux, ont émigré. En réalité, Michu est resté fidèle à ses anciens maîtres. Apprenant que la conspiration royaliste à laquelle ils participent est découverte et qu'un piège leur est tendu, il prévient Laurence de Cinq-Cygne, leur cousine, et sauve les jeunes gens des griffes de Corentin, l'agent de Fouché. Cachés dans une cave au cœur de la forêt, ils sortent au bout de quelques mois, amnistiés par Bonaparte.

La deuxième partie, « La revanche de Corentin », relate une machination politico-policière rocambolesque, ourdie trois ans plus tard par l'espion. Malin est mystérieusement enlevé par quatre hommes masqués le jour de la mi-carême 1806. Les Simeuse et les Hauteserre leurs cousins sont arrêtés, ainsi que Michu.

Commence alors la troisième partie, « Un procès politique sous l'Empire ». Alors que les accusés sont sur le point de sauver leur tête, Malin est libéré le jour du verdict. Il révèle que la femme de Michu lui apportait régulièrement à manger. Celle-ci en fait a été manipulée par Corentin, auteur d'une fausse lettre dans laquelle il imitait l'écriture de son mari. Les cinq accusés sont condamnés à mort. Laurence de Cinq-Cygne traverse alors l'Europe et demande à l'empereur la grâce pour les accusés, la veille de la bataille d'Iéna. Seul Michu sera exécuté.

Un bref épilogue vient, vingt-six ans plus tard, dévoiler les secrets de cette « affaire ». À l'origine un complot tramé par Fouché, Talleyrand, Carnot et l'encore obscur Malin contre Bonaparte, à l'arrivée une vengeance personnelle de Corentin contre Laurence de Cinq-Cygne qui l'avait humilié.

COMMENTAIRE

Du fait divers au roman historique

Le point de départ est un fait divers qui avait défrayé la chronique : l'enlèvement mystérieux du sénateur Clément de Ris en septembre 1800. Kidnappé par six inconnus, il est séquestré dans une cave au milieu d'une forêt, puis libéré quelques jours après. Affaire jamais élucidée derrière laquelle se profile la figure inquiétante de Fouché. Le dénouement en sera dramatique, puisqu'au terme de deux procès, l'un à Tours, l'autre à Angers, trois complices présumés, dont deux aristocrates, furent exécutés.

On le voit, le schéma du roman reproduit assez fidèlement le déroulement du fait divers. Parce que le drame avait pour cadre la Touraine, il ne pouvait qu'intéresser l'écrivain. Mais le détonateur de l'écriture fut sans doute le procès Peytel, notaire que connaissait Balzac et qui était accusé du double meurtre de sa femme et de son domestique. Malgré des preuves douteuses, il fut exécuté le 31 octobre 1839. Or, pour le romancier, il s'agissait d'une véritable erreur judiciaire, semblable à celle qu'il va décrire dans son livre. Bien plus, le choc provoqué par cette condamnation venait réveiller un drame fortement ancré dans la mémoire de l'écrivain : l'exécution de l'oncle Balssa à Albi, en août 1819.

Profitant du scénario que lui fournit le fait divers, Balzac brosse une fresque historique des dernières années du Consulat et des débuts de l'Empire. La conspiration à laquelle sont mêlés les Simeuse est la dernière des grandes conspirations royalistes de la période, celle de Polignac et Rivière, qui débouchera sur l'enlèvement et l'exécution du duc d'Enghien. Son échec scelle la consolidation du pouvoir personnel de Bonaparte. Tout le récit est scandé par une succession de dates historiques qui coïncident avec des moments cruciaux de la vie des personnages. Histoire réelle et histoire fictive interfèrent donc sans cesse : Michu s'installe à Cinq-Cygne le jour de l'exécution du duc d'Enghien ; le marquis de Chargebeuf se rend à Cinq-Cygne le lendemain de la paix signée entre la France et l'Autriche ; le procès des Simeuse s'ouvre au moment où se mettent en place les nouvelles institutions judiciaires prévues par le Code civil et au moment où l'Empire, encore à son aurore, est à son apogée. Enfin, Laurence de Cinq-Cygne se trouve face à face avec Napoléon, la veille d'Iéna.

Conformément aux règles du roman historique, personnages réels et inventés se croisent, mais ce sont ces derniers qui occupent les premiers plans. Fouché, Talleyrand, Cambacérès, Napoléon interviennent dans le récit. Ce sont eux qui commandent de loin le destin des personnages. Faisant de l'Histoire une forme nouvelle de la fatalité qui transcende les destinées individuelles. « Le hasard fit ses calculs avec autant d'habileté que Mlle de Cinq-Cygne en mit aux siens. » Michu ne sera pas gracié par l'empereur, les Simeuse mourront en Espagne au service de Napoléon, l'aîné des Hauteserre à la bataille de la Moskova. Avec la rencontre d'Iéna, le roman se fait épopée, destin privé et destin collectif se croisent à un moment historique décisif. Laurence est confrontée non seulement au grand homme, mais à un mythe qui se construit et va hanter le siècle. Stendhal avait publié, l'année précédente, *La Chartreuse de Parme*, tant admirée par Balzac, et ouvert son roman sur la description de Waterloo ; Balzac finira le sien sur Iéna. Le premier décrivait la fin de l'épopée impériale, la dégradation du mythe rongé par l'horreur de la guerre, le second la saisit au moment où elle commence : « La majesté de la guerre éclatait là dans toute sa splendeur. » Toute la scène est une exaltation de la figure napoléonienne, vue moins à travers le regard de Laurence qu'à travers le filtre rétrospectif de la légende. « Dans ces déploiements de la splendeur militaire, qui ne peuvent se peindre qu'avec les mots et les images de la Bible, l'homme qui animait ces masses prit des proportions gigantesques dans l'imagination de Laurence. »

La traversée de l'histoire ou le désenchantement

Roman historique qui se hausse à l'épopée, mais aussi roman sociologique qui décrit la fin d'un monde, celui de l'Ancien Régime et des valeurs aristocratiques traditionnelles. Malin incarne la montée en puissance de la bourgeoisie acquéreuse des biens nationaux et qui a su confisquer les acquis de la Révolution. Anobli, Malin de Gondreville est le grand triomphateur du récit ; il est aussi l'un des rédacteurs du Code civil et finit pair de France, ayant traversé tous les régimes. Autour de lui s'agitent les classes bourgeoises en pleine ascension : Grévin le notaire, Marion l'avocat qui rachète la terre des Simeuse pour Malin, Beauvisage le fermier, Goulard, l'ancien piqueur des Semeuse, Giguet, le brigadier d'Arcis. La plupart se retrouveront dans *Le Député d'Arcis*, enrichis et devenus des notables. Giguet est colonel et son fils se présente à la députation, le fils de Beauvisage devient maire d'Arcis, etc.

Inversement, Michu est le grand perdant du roman. Il incarne le petit peuple, fidèle à l'ancien ordre des choses, double du Marche-à-terre des Chouans. Figure terriblement ambiguë, à la fois bénéfique et redoutable, lourde d'une violence inhérente aux personnages populaires chez Balzac.

Simultanément, le roman décrit le reclassement de la noblesse, qui se rallie progressivement au nouvel ordre voulu par Bonaparte, sur fond de rédaction du Code civil, nouvelle armature juridique de la société post-révolutionnaire. M. de Chargebeuf conseille à Laurence un ralliement pragmatique à l'Empire, tout comme l'abbé Goujet prône la réconciliation de l'Église et du pouvoir politique. Laurence et les Simeuse, en revanche, incarnent une aristocratie idéaliste et généreuse, fidèle aux traditions féodales mais figée dans la pureté de son intransigeance. Aussi sort-elle blessée et défaite des événements, pour n'avoir pas compris que le monde avait changé et que les valeurs qu'elle représentait n'avaient plus cours.

De là ce désenchantement qui naît de l'épilogue. Vingt-sept ans plus tard, Laurence se retrouve dans le salon de la princesse qui a renoncé à ses principes pour soutenir la monarchie de Juillet, recevant Malin, devenu Malin de Gondreville. « Laurence, dont les principes étaient intraitables [...] fut choquée de voir les représentants les plus illustres de la légitimité [...] causant avec le Premier ministre [il s'agit de de Marsay] de celui qu'elle n'appelait jamais que Mgr le Duc d'Orléans. » Ce blanc de vingt-sept années souligne le contraste entre les rêves héroïques de 1806 et la réalité décevante de 1833.

Récit policier ou récit de police ?

Par bien des points, la structure du récit fait penser au roman policier, quoique le genre fût encore dans les limbes. Mystère des personnages, dont les mobiles sont obscurs ou ambigus : que vient faire Corentin ? Quel rôle joue-t-il ? Qui est réellement Michu ? Pourquoi Malin brûle-t-il des papiers ? Autant d'énigmes, de « ténèbres », qui ne seront levées que progressivement. Le schéma narratif est celui d'une double enquête, l'une menée par Corentin pour retrouver les conspirateurs, l'autre pour retrouver les auteurs de l'enlèvement de Malin. Énigme, enquête, arrestation et procès, tout concorde à identifier le livre comme une sorte de roman policier avant la lettre.

Pourtant, au rebours des règles du genre, ce n'est pas la loi qui triomphe. *Une ténébreuse affaire* rapporte une « affaire » non résolue, puisque la solution en demeure confidentielle, doublée d'une erreur judiciaire. Alors que le roman policier repose sur le passage de l'ombre à la lumière, du désordre à l'ordre restauré par l'enquêteur, l'œuvre s'achève sur l'innocence bafouée et un échec de la justice. Et l'épilogue ne fait que renforcer l'impression de pessimisme qui ressort de la lecture. Près de trente ans plus tard, l'irréversible a eu lieu : l'innocence et la justice ont été bafouées par la raison d'État et la complicité du silence ; Fouché a conspiré contre son maître, Malin a brûlé les papiers compromettant ce dernier, il a correspondu avec Louis XVIII et même celui-ci « a gardé le silence ».

Une ténébreuse affaire met en lumière cette part obscure de l'Histoire qui dément la légende, broie l'innocence et liquide les valeurs héroïques au profit des ambitions personnelles qui font la raison d'État.

Scènes de la vie militaire

PRÉSENTATION DU CYCLE

Elles devaient comprendre vingt-trois titres, deux seulement seront achevés et publiés : *Les Chouans*, en 1829, sous le titre *Le Dernier Chouan ou la Bretagne en 1800*, et une courte nouvelle, *Une passion dans le désert*, parue à la fin de l'année 1830. C'est le cycle le plus fragmentaire de *La Comédie humaine*. Selon l'*Introduction aux Études de mœurs*, il s'agissait de « peindre dans ses principaux traits la vie des masses en marche pour se combattre », de faire « la peinture d'un pays tout entier », enfin de décrire « le choc de la France et de l'Europe ». Avec ces « Scènes », le romancier de la vie privée renouait avec le roman historique et Walter Scott. À la description des types humains succédait celle des grandes forces collectives jetées dans le creuset de l'histoire en marche. Si le projet n'eut guère de suite, en dehors des *Chouans*, il est néanmoins intéressant d'observer les titres projetés. Tous révèlent l'originalité de Balzac : traiter non du passé lointain, mais de l'histoire la plus proche : la tourmente révolutionnaire, l'expédition égyptienne de Bonaparte, le Consulat, l'Empire. Là où Walter Scott entreprenait de ressusciter le Moyen Âge anglais, Balzac décrit le moment historique au cours duquel sont jetées les bases du présent.

Les Chouans

Genèse

« Tous les événements de ce livre, même les moindres, sont entièrement historiques », déclare Balzac dans son introduction. Pourtant l'étude des sources relativise cette affirmation. L'intrigue s'inspire d'un fait divers retentissant, le pillage de la malle-poste d'Alençon, le 7 juin 1807, par des chouans commandés par le vicomte d'Aché, agent royaliste, qui cherchait ainsi à financer un débarquement d'émigrés. Deux de ses complices, des femmes, furent arrêtées. Quant au jeune aristocrate, il fut trahi par une espionne au service de l'Empire, Mme de Vaubadan, et assassiné. À cette source probable s'ajoute la lecture par Balzac d'une pièce de Mérimée, publiée dans *Le Théâtre de Clara Gazul* et intitulée *Les Espagnols en Danemark*, datant de 1825. Si le cadre est très différent, on y retrouve le thème central des *Chouans* : l'amour d'une espionne pour sa victime.

Quoi qu'il en soit, Balzac se rend à Fougères de septembre à octobre 1828. Il accumule les observations sur le terrain et parcourt les six volumes de J.-J. Savary consacrés à *La Guerre des Vendéens et des chouans*, ainsi que *Les Mémoires relatifs à la Révolution française* de Baudouin.

Enfin, dès mai 1828, Balzac jette l'ébauche d'une pièce, « Tableau d'une vie privée », qui constitue le noyau central du roman définitif. Il y campe le personnage de Nathalie d'Hautefeuille, qui deviendra la Marie de Verneuil des *Chouans*, jeune femme éprise d'action que l'on retrouve, onze ans plus tard, en présence de Fouché qui lui propose une mission en Vendée.

RÉSUMÉ

L'action se déroule dans la région de Fougères et s'étend de septembre 1799 aux premiers jours de 1800. La première partie constitue un vaste prélude géographique et historique qui sert d'exposition au drame. Le commandant Hulot et les soldats de la République sont attaqués par une troupe de chouans commandés par le marquis de Montauran, le « Gars », émigré venu organiser l'insurrection royaliste et préparer le retour du roi. L'attaque est repoussée, mais la malle-poste est pillée.

La deuxième partie dure un peu plus de vingt-quatre heures. Montauran, déguisé en étudiant de Polytechnique, soupe à l'hôtel des Trois-Maures à Alençon, lorsqu'il fait la connaissance d'une jeune femme très belle, Marie de Verneuil. Celle-ci est une espionne de Fouché, ministre de la Police, et chargée de séduire le chef de chouans. Elle offre sa protection à ce dernier et le sauve des griffes de Hulot et de Corentin, l'âme damnée de Fouché. En contrepartie, « le Gars » lui offre l'hospitalité dans son château de La Vivetière. Mais l'escorte qui accompagne Marie de Verneuil est massacrée, à l'instigation de Mme du Gua, l'égérie du mouvement insurrectionnel. La belle espionne est démasquée par le vicomte de Beauvan. Elle n'échappe à la mort qu'avec l'aide de Marche-à-terre, le garde du corps de Montauran et le fiancé de Francine, sa suivante.

La troisième partie est fertile en rebondissements. Marie de Verneuil se rend au bal de Saint-James, où sont réunis les chefs de la révolte. Protégée cette fois par le vicomte de Beauvan qui lui doit la vie. La passion de Montauran se rallume. Un nouveau rendez-vous est fixé lors du siège de Fougères, dans la cabane de Galope-Chopine, un chouan. Le marquis manque de peu d'être arrêté par Hulot, renseigné par Corentin qui se méfie de la jeune femme. Un troisième rendez-vous, fixé par les amants, est surpris par Babette, la femme de Galope-Chopine. Celui-ci est exécuté par Marche-à-Terre, qui le soupçonne à tort d'avoir vendu son chef. Pour se venger, Babette livre à Hulot le lieu du nouveau rendez-vous : la maison de Marie de Verneuil à Fougères.

Le lendemain, le Gars se rend chez la jeune femme. Celle-ci, trompée par une fausse lettre rédigée par Corentin[1], révèle par jalousie l'arrivée du marquis. Désabusée, mais trop tard, elle épouse secrètement son amant. Au matin, tous deux sont abattus par les soldats de Hulot, au moment où ils tentent de s'enfuir.

COMMENTAIRE

Une narration originale

Il faut rappeler qu'il s'agit là du premier roman signé du nom de Balzac. Et il témoigne d'une véritable rupture par rapport aux ouvrages antérieurs. Si le récit est commandé par une intrigue essentiellement sentimentale et romanesque, des péripéties d'une passion aussi brève que tragique, celui-ci superpose deux séries d'événements : ceux qui découlent de l'amour de la jeune espionne pour sa victime, ceux qui résultent de l'histoire collective et dans lesquels les premiers sont inscrits. *Les Chouans* sont donc simultanément un roman d'amour et un roman historique. Si les rendez-vous successifs des deux amants scandent la narration, si leur relation étrange, faite de fascination et de défiance réciproques, sont les mobiles de ceux-ci, c'est à chaque fois l'intervention de l'histoire qui vient briser leur rencontre et jouer le rôle du destin. Marche-à-terre, Babette, Hulot, Corentin seront les agents, conscients ou non, de la fatalité historique.

À cet échafaudage narratif s'ajoute le poids inédit de la description dans le roman, qui devait inaugurer la manière balzacienne. Le sous-titre est là pour le rappeler : *Les Chouans ou la Bretagne en 1800*. Nourris des relevés de Balzac lors de son séjour à Fougères, *Les Chouans* est un roman de plein air. Rompant avec la grandiloquence ornementale de Chateaubriand, l'auteur décrit un paysage sombre, hostile, primitif, qui agit sur les personnages à la façon d'un déterminisme. Avec ses chemins creux, ses

1. Auteur à nouveau d'une fausse lettre dans *Une ténébreuse affaire*.

champs clos, ses forêts épaisses, ses fermes misérables et isolées, la Bretagne surgit comme un univers violent, replié sur lui-même et fermé au progrès. « Là, le génie de la civilisation moderne s'effraie de pénétrer à travers d'immenses forêts primordiales. » Aussi retentit-il sur les mœurs et l'âme de ses habitants. Eux-mêmes semblent une émanation du paysage, mi-hommes mi-bêtes, se confondant avec les buissons ou les rochers. La description dans *Les Chouans* joue donc un double rôle symbolique et narratif. Symbolique parce que l'évocation de la Bretagne obéit à l'idéologie nationale et progressiste de Balzac au moment où il écrit son ouvrage ; narratif parce que la description est toujours orientée, malgré d'incontestables réminiscences de Chateaubriand, vers la préparation de l'action. Comme l'atteste ce début de la troisième partie : « Les derniers événements de cette histoire ayant dépendu de la disposition des lieux où ils se passèrent, il est indispensable d'en donner ici une minutieuse description sans laquelle le dénouement serait d'une compréhension difficile. »

Le roman d'une passion

Cœur du récit, une passion tragique, celle qui unit Marie de Verneuil et le marquis de Montauran. Dans cette relation, le personnage central, c'est Marie de Verneuil. C'est elle qui a l'initiative, qui sauve Montauran une première fois à Alençon, elle qui est la responsable indirecte du massacre de La Vivetière, elle encore qui perdra son amant, trompée par Corentin. Héroïne agissante qui cherche dans l'histoire à employer une énergie vitale qui ne trouve pas à se satisfaire dans l'existence ordinaire : « Les plates vicissitudes de la vie domestique n'excitent pas mes passions. » Sa mission n'est que le prétexte d'une vie plus forte, plus intense : « Je hais cette entreprise. » Et c'est la passion amoureuse qui servira d'exutoire à ce trop-plein de vie, à ce débordement vital qui est le propre des grands personnages balzaciens. Symétriquement, Montauran découvre que « les temps héroïques de la Vendée sont passés » et, à la fin du roman, il renonce à sa cause pour l'amour de Marie. Comme s'il n'y avait plus de grande passion que privée.

Cinq rencontres scandent leur liaison : Alençon, La Vivetière, Saint-James, la cabane de Galope-Chopine, la tour du Papaigaut. Elles marquent un isolement croissant des amants qui évoluent du mensonge vers la sincérité. À l'hôtel des Trois-Maures, chacun porte un masque et dissimule sa véritable identité : la séduction réciproque est traversée de défiance. À La Vivetière, Marie est démasquée et humiliée publiquement : « C'est donc bien décidément une fille ! », s'exclame Montauran. Au cours du bal de Saint-James, Marie obtient une réparation éclatante et révèle au marquis sa véritable identité et sa mission. La chaumière de Galope-Chopine sert de cadre à l'aveu amoureux et, pour la première fois, les amants se tutoient et s'appellent par leurs prénoms. À Fougères, ils se marieront et mourront après une nuit d'amour. Mais l'élément moteur, c'est Marie. Elle veut être aimée pour elle-même, telle qu'elle est, courtisane et fille naturelle d'un duc. Mais, piégée par l'Histoire qui fait d'elle une espionne, elle se débat pour apparaître dans sa vérité, dépouillée des masques dont on l'affuble. Héroïne déchirée, elle vit de l'intérieur les contradictions d'une Histoire qui va la broyer : noble par sa naissance, elle est républicaine de cœur ; amoureuse d'un royaliste, elle appartient aux bleus. Aussi son amour pour le Gars se confond-il avec la quête de sa propre vérité. C'est pourquoi elle a besoin de reconquérir « l'estime de l'homme qui pour elle représente le monde entier ». En risquant sa vie pour rejoindre Marie à Fougères, en abandonnant son combat, en donnant son nom à « une Judith des rues », Montauran répond à cette passion impérieuse et rend possible la seule vérité humaine du livre.

Un roman historique

L'Histoire pèse de tout son poids sur le destin des personnages. L'action se déroule pendant une période charnière : la fin du Directoire et de la République et le coup d'État de Brumaire, qui scelle l'avènement du Consulat et de Bonaparte. L'insurrection de l'Ouest coïncide avec cet ébranlement de la nation, assiégée aux frontières et menacée de l'intérieur. La situation est dépeinte dès le début à travers les pensées de Hulot et le dialogue entre le commandant et ses officiers, Merle et Gérard. Et c'est l'apparition inopinée de Marche-à-terre, symbole de la chouannerie, qui fait surgir l'évocation historique. Toute la première partie est une vaste fresque collective qui met en présence non des individus, mais des groupes : le détachement républicain de Hulot et les chouans de Montauran. À travers eux, Balzac décrit l'affrontement de deux mondes : la Bretagne primitive, « charbon glacé qui resterait obscur et noir au sein d'un brillant foyer », et la France moderne issue de la Révolution – la France est comme un voyageur chargé de lumière », déclare Gérard –, heurt du passé et du présent, choc de deux principes qui s'affrontent, la République et la Monarchie.

Curieusement, *Les Chouans* ne sont pas une apologie de l'insurrection royaliste. Balzac dénonce la cruauté de celle-ci, les excès auxquels conduisent la misère, l'ignorance et la superstition fanatique des paysans révoltés. Montauran désavoue le pillage de la voiture d'Alençon ; il découvre à Saint-James l'ambition intéressée des chefs chouans. À La Vivetière,

Marie de Verneuil admire la grandeur et la simplicité des officiers républicains qui contrastent avec l'attitude des royalistes : « Un fait la surprit soudain. Les deux officiers républicains dominaient cette assemblée par le caractère imposant de leur physionomie. » Dans un monde gangrené par la trahison, seul Hulot est authentique, incarnation du sentiment national et dépositaire du sens de l'Histoire : c'est à lui que la femme de Galope-Chopine confie son fils après l'exécution de son mari, à lui que Montauran, au moment de mourir, confie ses dernières volontés. « Voilà encore un de ces honnêtes gens qui ne feront jamais fortune », dit de lui Corentin.

L'affrontement tourne donc à l'avantage des idéaux de la Révolution française. Ce sont les bleus, Hulot, Gérard, Merle, Beau-Pied, La Clef-des-cœurs qui incarnent les valeurs de l'avenir.

Pourtant, la présence de Corentin vient nuancer cette conclusion. L'homme de Fouché est celui du nouveau pouvoir issu de Brumaire. Ses méthodes, sa bassesse, le raffinement de cruauté qui le pousse à faire dénoncer Montauran par Marie de Verneuil suffisent à discréditer ceux dont il est le représentant. Déjà Gérard s'inquiétait de l'avenir : « J'espère que nous ne serons pas hachés pendant dix ans pour, après tout cela, faire pousser du lin et le voir filer à d'autres. » « La matière première romanesque du *Dernier Chouan*, c'est un certain pourrissement historique », écrit P. Barbéris (*Balzac et le mal du siècle*, I, 733).

Scènes de la vie de campagne

PRÉSENTATION DU CYCLE

Structure

Elles comptent trois romans, quatre si l'on y inclut, comme le « Furne corrigé » le prévoyait, *Le Lys dans la vallée*. Deux autres titres prévus sont restés à l'état de projets : « Le Juge de paix » et « Les Environs de Paris ». *Le Médecin de campagne* paraît en 1833, *Le Curé de village* dès 1838/1839 en feuilleton. *Les Paysans*, commencés en septembre 1838, sont publiés dans la presse en 1844. Selon L'*Introduction aux Études de mœurs au XIXe siècle*, ces « Scènes » devaient clôturer celles-ci et, après le tumulte des « Scènes de la vie militaire », peindre « le repos après le mouvement, les paysages après les intérieurs ». *La Comédie humaine* s'achevait sur un coucher de soleil avec « ses teintes solennelles, ses reflets bruns, ses nuages colorés ». Aux passions de la jeunesse succédaient la maturité et la sagesse retrouvées.

Les thèmes

Deux œuvres sur trois comportent un secret, dont le héros est le dépositaire : Véronique Graslin, dans *Le Curé de village*, rachète à Montégnac, son passé, sa passion pour Tascheron, le porcelainier criminel qu'elle a laissé condamner à mort sans avouer sa complicité ; Bénassis, le médecin du *Médecin de campagne*, expie dans la solitude d'une vallée grenobloise les erreurs de sa jeunesse. Chacun d'eux porte une blessure et consacre sa vie au repentir. « Aux cœurs blessés l'ombre et le silence », proclame l'épigraphe du *Médecin de campagne*.

Dans les trois romans, le personnage du prêtre tient une place importante. Moindre dans *Les Paysans* (l'abbé Brossette), significative dans *Le Médecin de campagne* (l'abbé Janvier), déterminante dans *Le Curé de village*, puisqu'il donne son titre à l'œuvre (le curé Bouret). Tous trois incarnent un catholicisme fraternel, proche des idées sociales de Lamennais, attentif aux réalités sociales de la misère. Ils témoignent de la place accordée par Balzac à la religion dans la société. Le romancier constate le recul de celle-ci et y voit un facteur de désordre. Sans la religion, la société est livrée au conflit des appétits particuliers, au développement effréné de l'individualisme et au triomphe de l'argent. « Le christianisme est un système complet d'opposition aux tendances dépravées de l'homme», déclare le curé Janvier dans *Le Médecin de campagne*.

Comme leur titre le laisse deviner, ces «Scènes» ont pour cadre une nature omniprésente. La propriété des Aigues, une vallée des Alpes, une plaine du Limousin. Belle et menacée par l'avidité de ses habitants dans *Les Paysans* ; lieu d'une régénération personnelle et collective dans les deux autres titres. À chaque fois, une correspondance s'établit entre l'intériorité des héros et les paysages où ils vivent. Le calme de Voreppe offre la paix de l'âme à Bénassis, l'aridité de Montégnac réfracte le dessèchement intérieur de Véronique Graslin, refermée sur un secret qui la tue. Irriguée, la plaine retrouve sa fertilité et l'héroïne le repos. La nature est un prolongement de soi : «J'ai écrit mon repentir en traits ineffaçables sur cette terre [...], il est dans les champs fertilisés [...], dans cette plaine autrefois inculte et sauvage, maintenant vaste et productive», confie-t-elle.

Mais la nature évoquée dans ces «Scènes» n'est jamais le lieu d'une idylle comme dans *La Nouvelle Héloïse*. Espace d'un triple exil, elle n'offre pas la sécurité close d'un éden. On ne se réfugie pas au sein d'une nature maternelle, on y travaille. Voreppe et Montégnac sont transformés par l'action civilisatrice de Bénassis et Véronique Graslin ; l'ingénieur Gérard du *Curé de village* irrigue la plaine, Montcornet, le propriétaire des Aigues, exploite son domaine et lutte contre l'emprise bourgeoise sur la terre. Balzac parle très concrètement du sous-développement économique, pose la question de la propriété foncière, prône de nouvelles méthodes de culture. Les utopies de Voreppe et Montégnac peignent un monde en pleine transformation qui s'ouvre à l'artisanat, à l'industrie, au commerce. On y retrouve donc développées quelques-unes des grandes idées économiques et politiques du romancier.

Mais les «Scènes de la vie de campagne» sont en même temps déchirées entre les lumières utopiques du *Médecin de campagne* et du *Curé de village* et le pessimisme sombre des *Paysans*. Si Bénassis et Véronique Graslin réussissent dans leur entreprise de réforme sociale et morale, Montcornet échoue dans sa tentative de sauver les Aigues et le domaine finira démembré sous l'effort conjugué des notables, comme Rigou ou Gaubertin, et des petits paysans avides de terre. Le roman est traversé par une lutte de classe impitoyable qui met aux prises la grande propriété foncière héritée du passé et les couches nouvelles issues de la Révolution française. *Les Paysans* décrivent une campagne primitive et violente. Les Tonsard incarnent une paysannerie brutale qui se livre à la prostitution, au viol, à l'inceste, et qui n'hésite pas à recourir au meurtre, celui du garde-chasse Michaud, pour parvenir à ses fins :

obtenir le départ de Montcornet. À l'univers non conflictuel de Voreppe et Montégnac s'oppose celui, déchiré, des Aigues.

La tension qui habite ces « Scènes » trahit les contradictions de l'idéologie balzacienne. Progressiste sur le plan économique, conservatrice sur le plan politique. Contemporain des luttes sociales qui traversent la société française, de la montée du mouvement révolutionnaire, Balzac, hanté par ses peurs, se range du côté de l'ordre et brosse un tableau partial du monde paysan. *Les Paysans* sont un roman engagé dans lequel l'auteur dénonce « le vertige démocratique », « la plaie de l'incrédulité, de l'indifférence en fait de religion, de défaut de hiérarchie qui dévore la France » (in article « Sur les ouvriers », paru dans la *Revue parisienne* du 25 août 1840). Œuvre sombre qui s'achève sur un échec, Montcornet vend les Aigues, sans autre avenir que la lutte sourde qui oppose paysans et bourgeois.

Pourtant le Balzac conservateur, qui écrit « les ouvriers sont l'avant-garde des barbares », est le romancier révolutionnaire qui décrit pour la première fois un monde rural débarrassé de toute idéalisation, de toute complaisance folklorique. Dépeignant l'agonie de la propriété aristocratique, la parcellisation de la terre, les conflits qui agitent la société rurale.

Le Médecin de campagne

Genèse et publication

Lors d'une excursion à la Grande Chartreuse, monastère des Alpes, Balzac note une formule aperçue dans une cellule : « *Fuge, late, tace*[1]. » Ce sera la devise de Bénassis. Le romancier est alors, durant cet été 1832, à Aix-les-Bains, avec la duchesse de Castries dont il espère devenir l'amant. C'est de ce séjour dans les Alpes que naît le projet du *Médecin de campagne*. Il y trouve un décor, une sentence latine pleine de résonances, mais aussi une déception dont le livre se fera l'écho : la duchesse se refuse à l'écrivain qui retourne à Paris. Publié en septembre de l'année suivante, l'œuvre reçoit un accueil défavorable, y compris de la droite légitimiste, dont Balzac cherche à être le théoricien : « une moralité, une platise en deux volumes », déclare *La Jeune France*.

1 « Fuis, cache-toi, tais-toi. »

Le modèle de Bénassis, le romancier le trouve dans la réalité avec le docteur Bossion de l'Isle-Adam, auquel il rendit de fréquentes visites. Il le trouve aussi dans le pasteur alsacien Oberlin, dont Mme Guizot avait rapporté l'œuvre de bienfaisance dans un récit (*L'Écolier*) que Balzac avait édité en 1827. Enfin, autre source livresque, la *Vie de mon père* de Rétif de La Bretonne, ouvrage dans lequel celui-ci racontait les efforts accomplis par son père pour faire renaître un village bourguignon.

Tranchant avec les œuvres antérieures, le roman témoigne de préoccupations sociales et politiques caractéristiques à la fois des ambitions personnelles de Balzac, alors en mal de légitimisme, et d'un romantisme social, caractéristique des années 1830.

RÉSUMÉ

Débutant au printemps 1829, l'action s'achève huit mois plus tard, en décembre. Elle est en réalité concentrée sur trois jours : les deux jours de la visite que Génestas rend à Bénassis, son retour pour assister à l'enterrement de celui-ci. Resserrée dans le temps, elle l'est aussi dans l'espace : une vallée non loin de Grenoble.

La trame de l'action est des plus simples : un ancien officier de l'Empire, le commandant Génestas, se rend, sous un nom d'emprunt, à Voreppe pour rencontrer le docteur Bénassis. Il visite avec lui la vallée et découvre les transformations économiques et sociales entreprises par son hôte. Avec lui, il assiste à une veillée paysanne au cours de laquelle est contée la légende napoléonienne. Au retour de celle-ci, Bénassis lui confie son passé. À son tour, l'officier révèle sa véritable identité et le motif de sa visite : faire soigner son fils, atteint de langueur. Quelques mois plus tard, il apprend de ce dernier, désormais guéri, la mort soudaine de Bénassis.

COMMENTAIRE

Un récit multiple

Pas d'intrigue donc, mais une narration hybride qui mêle les genres narratifs. Un récit à la troisième personne qui décrit l'arrivée de Génestas et son retour, dans lequel sont enchâssées trois narrations à la première personne : la relation par Bénassis de son action dans le village et une double confession – d'abord celle du docteur puis, comme en réponse, celle de Génestas.

Enfin, véritable centre de l'œuvre, le récit, sur le mode du conte ou de la légende épique, par Goguelat l'ancien grognard, de l'épopée napoléonienne.

Le dépouillement de l'intrigue est compensé par une construction chronologique qui combine la linéarité (l'arrivée de Génestas, la visite de Voreppe, le repas avec les notables, la veillée, etc.) et les vastes retours en arrière qui jalonnent le livre : récit de Bénassis, de Génestas, de Goguelat, de la Fosseuse. Le présent des personnages est ainsi inscrit dans un double passé, individuel et collectif (le proche passé impérial). C'est à chaque fois le passé qui éclaire le présent, pèse sur les personnages ou fournit un contrepoint à l'actuel. Le passé rapproche Bénassis, la Fosseuse et Génestas, tous trois marqués par la souffrance ; il a fait d'eux des solitaires, mais il les réunit au village dans une même communion avec la légende impériale.

« Le Napoléon du peuple »

Avec « son visage semblable à celui d'un satyre [...], son front légèrement cambré, mais plein de proéminences [...], son nez retroussé spirituellement fendu dans le bout », Bénassis est un nouveau double de Balzac. « Premier des vrais héros balzaciens », comme l'écrit P. Barbéris, c'est un homme d'action, habité par une énergie qui fait de lui un meneur d'hommes. Il est « le Napoléon de la vallée », un double constructif de l'empereur, qui entreprend de changer le présent. Comme tous les grands personnages de *La Comédie humaine*, il s'accomplit dans une création qui lui renvoie l'image de sa puissance démiurgique. Simultanément, il est traversé de zones d'ombre. Porteur d'un secret, d'une faute qu'il cherche à expier. Du coup, il gagne une complexité psychologique qui ôte au personnage ce qu'il pourrait avoir d'édifiant et d'un peu mièvre. Bénassis est un désespéré : « Je n'ai d'autre but dans la vie que de la quitter. »

Tourmenté par son passé, insatisfait du monde social (« ne pouvant rien trouver dans le monde, qui ne me rendait rien quand je lui livrais tout »), Bénassis est un frère de Raphaël Valentin. Comme lui, il s'exile en province. Lui aussi est un enfant du siècle. Mais Raphaël cherchait un refuge dans une nature maternelle, alors que lui, choisit d'agir et de changer l'organisation sociale. « Je crus mieux agir en rendant mon repentir profitable au monde social. » Si Balzac l'a voulu médecin, c'est que la société est malade et que les hommes souffrent de sa mauvaise organisation.

Une utopie balzacienne

Aussi est-il le porte-parole des idées politiques de Balzac en 1832, dont Voreppe est une sorte de laboratoire. Avec minutie, le roman retrace les différentes étapes de la renaissance d'une vallée oubliée et condamnée au sous-développement. Elle couvre sept années et se déploie en trois étapes. La première, qui dure cinq ans, relate les réformes de Bénassis : l'expulsion des « crétins », population arriérée et malade, la reconstruction du village sur les hauteurs, le développement agricole marqué par l'introduction du blé, la création d'un artisanat local (la vannerie), enfin, la construction d'une route qui ouvre la vallée sur le monde extérieur. La deuxième étape, c'est l'apparition d'un petit commerce diversifié destiné à satisfaire les nouveaux besoins du village ; Voreppe passe de l'autosubsistance à une consommation de superflu. La troisième étape voit le développement du commerce : la vallée produit pour exporter et Bénassis implante deux activités industrielles – une fabrique de chapeaux, une fabrique de chaussures.

On le voit, il ne s'agit pas pour l'auteur de peindre un monde clos, de revenir à un mythique état de nature à l'écart de l'histoire. Voreppe s'inscrit, grâce à l'action de Bénassis, dans l'Histoire. La nature intemporelle entrevue par Génestas est transformée par le travail humain et le village est en devenir. Les paysans ne sont jamais idéalisés : « Je n'ai point fait des idylles sur mes gens, je les ai acceptés pour ce qu'ils sont », déclare le médecin. Il ne s'agit pas non plus d'un âge d'or : la vallée connaît les marginaux (la Fosseuse, Butifer), les tensions (Tabureau, l'usurier), la souffrance et la mort (mort de Pelletier au début, de Bénassis et de l'enfant à la fin).

En même temps, le village fournit un contre-modèle au capitalisme sauvage qui s'instaure avec la monarchie de Juillet. Alternative romanesque à un présent que Balzac condamne. Bénassis, comme Véronique Graslin, est un anti-Nucingen, il ne spécule pas ; sa fortune, il l'investit dans le décollage économique de la vallée et lui rend sa destination sociale. Sa logique bienfaitrice n'est pas celle anti-économique du don (la charité), mais celle de l'investissement productif. Ni capitaliste, ni saint.

Politique de Balzac

Le Médecin de campagne est une apologie d'un pouvoir fort, confié à une personnalité d'exception, seule capable de « se détacher de tout intérêt personnel pour se vouer à une pensée sociale ». Modèle monarchique et autoritaire : le gouvernement doit s'incarner, comme chez Hegel, dont la philosophie est diffusée par Victor Cousin, dans une individualité, « un homme d'État supérieur à son siècle », écrit le romancier. Seule la concentration du pouvoir peut réfréner les intérêts particuliers dont toute représentation populaire est nécessairement l'expression. Il faut donc réduire le rôle des chambres législatives, limiter le suffrage universel (« Le mot élection est près de causer autant de dommages qu'en ont faits les mots "conscience" et "liberté" »). Le modèle qui alimente ce discours est double : c'est à la fois le césarisme napoléonien et la figure d'un roi fort incarnant la nation.

La pensée politique de Balzac est donc résolument antidémocratique. Condamnant le libéralisme, qui a fait de l'individu la source de l'autorité et la base de la société. Entraînant la perte de l'intérêt général au profit des intérêts particuliers déchaînés. « Maintenant nous n'avons pour étayer la société d'autre soutien que l'égoïsme. » Cette conception s'inscrit dans une condamnation sans appel de l'individualisme, dont Balzac a su pressentir qu'il était devenu le fondement du monde moderne. De là ce rôle répressif confié à la religion, seule à même de canaliser les instincts libérés par une société où l'individu est roi ; de là la place accordée à la famille, communauté transcendant les désirs et les égoïsmes individuels. Avec *Le Curé de village*, le discours se fera plus réactionnaire encore, en faisant l'apologie du régime ultra de Charles X. Derrière ces proclamations conservatrices se lit aussi la crainte d'un bouleversement social radical, la profonde défiance à l'égard des mouvements populaires : « Les prolétaires me semblent les mineurs d'une nation et doivent rester en tutelle », déclare Bénassis.

Le mythe napoléonien

Il court tout au long de l'œuvre. Bénassis est « le Napoléon du peuple », Génestas, Gondrin, Goguelat, d'anciens soldats de l'Empire, Butifer, la Fosseuse sont fascinés par l'empereur. Le mythe culmine avec la veillée dans la grange, où tout le petit peuple de Voreppe écoute raconter la légende impériale dans la langue naïve et populaire de Gondrin. Récit écrit en langue parlée : « mes amis qui dit, l'Europe fait la cane », « frottons les Russes qui nous dit », « tope s'écria l'armée ». Face à un présent décevant, celui de la monarchie de Juillet, se lève un passé épique pourvu d'un sens avec lequel communie tout un peuple. L'aventure napoléonienne est l'envers d'une histoire qui voit le triomphe de Nucingen et de l'argent-roi.

Études philosophiques

PRÉSENTATION DU CYCLE

Structure

Avec vingt-deux titres sur les vingt-sept prévus, c'est quantitativement le deuxième cycle de *La Comédie humaine*, après les « Scènes de la vie privée ». Il regroupe, à l'exception de *Massimilla Doni* et *Sur Catherine de Médicis*, parus respectivement en 1839 et 1841, des ouvrages écrits entre 1830 et 1836. Donc, bien qu'il dût exposer les causes du système, il fut conçu bien avant la plupart des œuvres de *La Comédie humaine*. Il compte cinq romans (*La Peau de chagrin*, *Louis Lambert*, *La Recherche de l'absolu*, *Séraphîta* et *Sur Catherine de Médicis*). Le reste se composant de nouvelles. Ces *Études* frappent par leur diversité formelle : romans et nouvelles philosophiques, roman mystique (*Séraphîta*), récits historiques (*Sur Catherine de Médicis*), fantastiques (*Jésus-Christ en Flandre*, *Melmoth réconcilié*), proches du conte (*L'Enfant maudit*, par exemple).

La diversité chronologique et géographique de ces récits surprend. Tout se passe comme si Balzac avait rassemblé des ouvrages disparates, parus pour la plupart dans la presse. Pourtant, derrière cet apparent désordre, une cohérence thématique se fait jour, soulignée par l'ordre adopté. Le cycle est encadré par *La Peau de chagrin* qui l'ouvre et *Séraphîta* qui le clôt. À la mort répond le salut, à la chute la rédemption, à l'homme extérieur qui s'est voué à la jouissance l'homme intérieur, dégagé de sa gangue corporelle, à Raphaël, l'ange déchu (le prénom est emprunté à la Bible) qui meurt pour avoir voulu vivre trop vite (étymologiquement Raphaël signifie, en hébreu, « celui qui guérit »), l'ange lumineux qui dénoue le pacte satanique de Raphaël et aspire au Ciel.

Les thèmes

- « La pensée tuant le penseur »

« Ici l'auteur tend à remonter aux causes de ces effets », écrivait F. Davin. Les *Études* exposeront donc les fondements de l'anthropologie balzacienne. Celle-ci est formulée dès le premier récit : « La vie décroît en raison directe de la puissance des désirs ou de la dissipation des idées. » La vie est dépense, gaspillage de l'énergie vitale : « La vie est un feu qu'il faut couvrir de cendres. » Le modèle de cette anthropologie, c'est la physique et notamment la thermodynamique, dont Carnot pose les fondements en 1824 avec ses recherches sur *La Puissance motrice du feu*. « La volonté était une force matérielle semblable à la vapeur » (*La Peau de chagrin*). Balzac installe déjà, avant même que le terme soit utilisé, l'entropie au cœur du vivant. Conception tragique de l'existence, qui assigne à celle-ci des limites infranchissables, contre lesquelles pourtant se lèveront les personnages.

Le principe de cette déperdition vitale, c'est la pensée, autrement dit la volonté, énergie matérielle qui, par son activité (la connaissance pour Claës, Gambara, Frenhofer, Louis Lambert ; le désir pour Raphaël, Castanier – dans *Melmoth réconcilié* – ou maître Cornélius), détruit l'individu. Car « penser, c'est ajouter de la flamme au feu » (*Les Martyrs ignorés*). « M. de Balzac considère la pensée comme la cause la plus vive de la désorganisation de l'homme, conséquemment de la société », précise Philarète Chasle dans son *Introduction aux romans et contes philosophiques* de septembre 1831. Ce sera là le thème central des *Études*.

Maître Cornélius, rongé par l'idée fixe de l'or, se vole lui-même et finit par se tuer (« C'est l'avarice tuant l'avare ». P. Chasle). Prosper Magnan, dans *L'Auberge rouge*, sera exécuté pour un vol et un crime qu'il n'aura commis qu'en pensée. Emilio, dans *Massimilla Doni*, est impuissant parce qu'il idéalise trop Massimilla. Cambremer, « l'homme au vœu » d'*Un drame au bord de la mer*, vit à l'écart des hommes, rongé par le remords pour avoir tué son fils dépravé (ce que Chasle appelle « la paternité tueuse »).

- **« À mesure que l'homme se civilise, il se suicide »**

Mais le réalisme balzacien veut que ce drame de l'existence ne soit pas imputable à la seule pensée. Ses excès sont le produit des « combinaisons factices que créent les idées sociales ». Canalisant l'énergie vitale, l'excitant, la développant, celles-ci conduisent à l'excès : « Pour l'homme social, vivre, c'est se dépenser plus ou moins vite » (*Traité des excitants modernes*). Aussi chaque drame décrit dans ces récits est-il indissociable d'une époque, de ses conditions matérielles. La fascination de l'or et de la puissance brise les héros de *Melmoth réconcilié*, conduit Taillefer au meurtre (*L'Auberge rouge*), le plaisir détruit Raphaël, la science tuera Claës.

Le recours au fantastique souligne cette exacerbation des sentiments et de la pensée qui mène les personnages aux limites de la folie : Castanier, le caissier de *Melmoth*, vit-il réellement ce qu'il voit ? Gambara perçoit l'harmonie là où les autres n'entendent que des sons discordants, Frenhofer voit un tableau là où il n'y a qu'un amas confus de lignes.

• « Aux négations du Doute, je dois répondre par des négations »

Cette citation de *Séraphîta* éclaire la signification de la présence du mysticisme dans ce cycle. En développant l'esprit positif, attaché aux seuls faits constatables, le XIXe siècle débouche sur un matérialisme réducteur : « Votre science ne combine que les apparences » (*Séraphîta*). Du coup, l'expérience mystique n'apparaît plus que comme une divagation irrationnelle. Avec *Séraphîta*, le romancier relève le défi, celui d'écrire un grand roman mystique, illustrant pathétiquement l'aspiration humaine à l'infini, l'unité secrète de l'homme et de l'univers, « l'unité de composition » affirmée avec force dès la première page de l'Avant-propos. Le livre constitue une véritable synthèse de la cosmologie qui sous-tend *La Comédie humaine*. Unité de la matière et de l'esprit qui ne sont que deux variations d'une substance unique, proclamée dans *Louis Lambert* et *La Recherche de l'absolu* ; hiérarchie du cosmos, qui remonte de l'inanimé à l'animé, du végétal à l'humain, enfin tripartition de la réalité humaine (physique, psychique et spirituelle).

L'ascension de Séraphîta, qui rejoint le ciel à la fin du roman, renvoie à l'influence illuministe de Swedenborg et de Saint-Martin : la nature humaine est double, intérieure (spirituelle) et extérieure (physique et psychique), or la première a été oubliée. Les thèses résumées dans *Séraphîta* ne doivent pas être isolées du reste de *La Comédie humaine*, elles éclairent rétrospectivement le drame des grands héros balzaciens. En elles s'incarne le mythe de la condition humaine confrontée à ses propres limites et cherchant, sous les formes les plus diverses (le savoir, le pouvoir, l'or, le plaisir), à les transgresser. Frenhofer veut capter la nature sur sa toile, Claës parvenir à la substance primitive qui lui livrera l'explication du monde, Gambara l'essence de la musique, le son dans lequel il voit « la lumière sous une autre forme ». Chacun se pose ainsi en rival de Dieu, dans un inlassable et pathétique effort pour surmonter la finitude et le morcellement.

C'est en ce sens que Séraphîta, à la fois masculin (il est perçu comme un homme, Séraphîtus, par Wilfrid) et féminin (il est féminin pour Minna), humain et angélique, incarne le désir de totalité et de plénitude qui traverse toute l'œuvre. Il constitue une sorte de réussite exceptionnelle dans cet univers si sombre, puisqu'il parvient, au terme de sa quête, à sortir hors du temps et de la mortalité.

La Peau de chagrin

Genèse et publication

C'est le deuxième grand roman de Balzac, après *Le Dernier Chouan* paru en 1829. Il tranche par sa longueur avec les *Études de mœurs* de 1830 et les nombreuses autres nouvelles écrites durant la même période. Une note dans l'album de l'écrivain fournit le point de départ du livre: « L'invention d'une peau qui représente la vie. Conte oriental. » En mai 1831, deux extraits sont publiés dans la presse. L'œuvre paraît en août.

L'accueil est mitigé: son caractère hybride, à la fois roman philosophique, conte fantastique, confession autobiographique, déroute. La crudité de certaines scènes, notamment la description de l'orgie chez Taillefer, la violence sensuelle de la scène finale heurtèrent une partie de la critique. Récit « fétide et putride » confiait Sainte-Beuve dans une de ses lettres.

RÉSUMÉ

En octobre 1830, à Paris, un jeune homme, Raphaël Valentin, s'apprête à se suicider au sortir d'une maison de jeu où il vient de perdre ses derniers sous. La curiosité le pousse à entrer dans un magasin d'antiques, où un vieillard mystérieux lui propose une peau de chagrin qui a la propriété de réaliser tous les désirs mais en même temps de se rétrécir à chaque souhait formulé. Las d'une vie de pauvreté, le jeune homme s'empare de la peau.

Le même soir, il assiste à une orgie donnée par le banquier Taillefer. Il raconte à son ami Émile son passé: sa jeunesse solitaire, la ruine de sa famille, sa vie misérable dans un hôtel du quartier Latin, entouré de l'amour de Pauline, la fille de sa logeuse, enfin sa rencontre avec Foedora, une comtesse russe qui repousse sa passion. Le lendemain, il apprend qu'il hérite d'une immense fortune. Il se jette dans les plaisirs mais constate que la peau rétrécit. Un soir de décembre, aux Italiens, il retrouve par hasard Pauline, entre-temps devenue riche. Débute alors une liaison passionnée. Et la peau rétrécit toujours...

Raphaël décide en février de consulter trois savants. Mais ceux-ci avouent l'impuissance de la science à enrayer le rétrécissement du talisman. En mars, les médecins consultés déclarent leur incompréhension devant les troubles de santé du jeune homme. Raphaël quitte

Paris et Pauline pour Aix-les-Bains. Provoqué en duel, il fait appel au pouvoir magique de la peau ; son adversaire est tué, mais la peau rétrécit à nouveau : celle-ci n'est alors « pas plus grande qu'une petite feuille de chêne ». Il se réfugie alors en Auvergne où il mène une vie végétative, afin de préserver ses dernières forces vitales. Il se croit sauvé lorsqu'en juin, il retourne à Paris. Pour le distraire de son ennui, son vieux serviteur Jonathas organise une fête qui va provoquer sa mort. Pauline a rejoint Raphaël dans sa chambre et, dans un ultime déchaînement sensuel, celui-ci meurt dans les bras de la jeune fille.

COMMENTAIRE

Un récit complexe

La Peau de chagrin se présente comme un récit linéaire, qui se déroule sur quelques mois (d'octobre à juin), dans lequel est enchâssé un long retour en arrière à la première personne, qui embrasse neuf années de la vie de Raphaël. La première partie, intitulée « Le talisman », occupe le quart du roman et ne dure que quelques heures. La deuxième partie, la confession, plus longue (environ le tiers du livre), est un long flash-back qui s'achève sur un retour au présent de Raphaël. La dernière partie, « L'agonie », décrit sept mois de la vie du personnage et sa course contre la mort qui le ronge.

Balzac combine donc le récit à la troisième personne, mené par un narrateur omniscient, et la narration subjective assumée par le héros. Le premier retrace heure par heure la soirée qui décide du destin du personnage (la maison de jeu, la tentation du suicide, l'acceptation du talisman, l'orgie). Dans la dernière partie, la narration s'accélère, ne rapportant que quelques scènes (la visite de Porriquet, les retrouvailles aux Italiens, la consultation des savants et des médecins, le séjour à Aix et au Mont-Dore, la réception organisée par Jonathas). Comme si le récit se mettait lui aussi à rétrécir, en multipliant les ellipses temporelles. La confession en revanche se dilate dans le temps. Elle s'adresse d'abord à un narrataire, Émile, qui intervient dans la narration et rattache celle-ci à sa situation d'énonciation (le banquet). Elle entrecroise le récit de ces neuf années et les commentaires de Raphaël, qui juge sa vie passée.

Entre ces deux plans narratifs s'instaure un jeu constant de symétries : la confession s'achève sur la décision de se suicider comme le roman sur la mort de Raphaël ; il retrouve Foedora au théâtre comme, dans la troisième partie, Pauline ; la scène où il observe Foedora endormie sera inversée à la fin du livre, c'est cette fois Pauline qui contemple le jeune homme pendant son sommeil. La cohérence narrative est renforcée encore par la composition en diptyque des scènes : banquet chez Taillefer/réception chez Raphaël, plongée dans l'histoire humaine chez l'antiquaire/plongée dans une nature immémoriale en Auvergne, double consultation des savants et des médecins.

Un mythe fondateur de *La Comédie humaine*

Placé en tête des *Études philosophiques*, *La Peau de chagrin* joue le rôle d'un mythe explicatif de la vie, auquel puiseront les œuvres à venir. La peau symbolise le drame de l'existence humaine. Celle-ci dispose d'un capital d'énergie vitale que l'homme dépense au cours de sa vie. Le moteur de cette déperdition, c'est le désir, ce que Balzac appelle la volonté. Vouloir, en puisant à ce réservoir, épuise la vie et raccourcit l'existence. L'homme est donc condamné à choisir : ou bien il dilapide ou bien il économise. Double métaphore économique et énergétique du mouvement vital. Dilapider, c'est choisir une vie brève mais intense, vouée à l'activité incessante de la pensée, du désir sexuel ou de l'ambition : « Vouloir nous brûle et Pouvoir nous détruit. » C'est le choix de Raphaël (« Je veux vivre avec excès », déclare-t-il), celui de Rastignac, qui opte pour le « système dissipationnel », celui d'Aquilina et Euphrasie (« Nous vivons plus en un jour qu'une bonne bourgeoise en dix ans »). Celui enfin de Balzac lui-même, qui gaspille sa vie dans la création.

À ce choix de la prodigalité vitale s'oppose celui de l'antiquaire. Il a fait le choix de la longévité. Au vouloir il a préféré le voir et le savoir : « J'ai tout vu [...], je n'ai jamais rien désiré. » Mais vivre alors se limite à une existence végétative – celle des vieillards qui jalonnent le livre – qui ressemble à la mort. Même choix chez Foedora, égoïstement repliée sur elle-même, avare de ses sentiments et de son corps.

Comme Raphaël, tous les grands personnages balzaciens, comme leur créateur, optent pour l'excès et la consumation de l'énergie vitale : dévorés par leur création comme Gambara ou Frenhofer, détruits par leurs recherches comme Claës ou Louis Lambert, vieillis par le désir ou l'ambition comme Lucien de Rubempré, Rastignac ou de Marsay. En face se dressent ceux qui ont choisi l'économie, le calme, l'immobilité, tous desséchés, blanchâtres, fantomatiques : Grandet, Rose Cormon, Hochon, Mlle Gamard... Morts-vivants qui ont renoncé au déploiement de soi. « Je possède le monde sans fatigue », déclarait déjà Gobseck.

Un récit fantastique

Balzac multiplie les références au fantastique allemand ou oriental. Le pacte de Raphaël rappelle celui de Faust, d'ailleurs l'antiquaire est comparé à Méphisto ; la forge de Spieghalter évoque la mythologie germanique, le nom de Raphaël renvoie à celui du frère de Marguerite dans le *Faust* de Goethe. La peau de chagrin est un talisman semblable à ceux des *Mille et Une Nuits* et la sentence qui l'accompagne est écrite en arabe.

Le rétrécissement de la peau, son pouvoir magique, l'âge du vieil antiquaire (il a plus de cent vingt ans), le don de double vue de Raphaël, les nombreuses coïncidences qui jalonnent l'intrigue font du roman un récit fantastique. Mais le fantastique repose avant tout sur la réalité bien matérielle de la peau : avec ses grains noirs qui réfléchissent la lumière, ses lettres incrustées, « son incroyable ductilité ». Elle vit d'une vie propre, inquiétante, et chacun de ses rétrécissements est décrit par le romancier : elle est devenue un lambeau « fragile et petit comme la feuille d'une pervenche » à la fin. « La Peau en se contractant lui chatouillait la main. » Objet matériel, c'est encore une réalité linguistique qui contamine le récit à travers les innombrables récurrences des deux termes qui la composent. Chagrin de Pauline, de Raphaël (« Vous avez du chagrin ? », demande Pauline), digressions sur l'étymologie de « chagrin » qui disséminent la peau sur l'ensemble du texte : elle renvoie à l'âne, à l'onagre oriental, au conte *Peau d'âne*, au prénom de Peau-line, au texte lui-même (on parle en imprimerie d'un papier chagriné) et d'ailleurs la surface de la peau est couverte de caractères. Dans le magasin, elle fait face au portrait du Christ peint par Raphaël. La peau de chagrin, c'est la vie échangée contre la création, l'immortalité rendue possible par le sacrifice de l'énergie vitale.

La confession d'un enfant du siècle

Le fantastique est ici au service du réalisme. Il sert à montrer et dénoncer une forme de pourrissement social. Le livre débute quelques mois après la révolution de Juillet et la présence de celle-ci est bien réelle. « Aujourd'hui [...], nous sommes arrivés aux forces nommées industrie, pensée, argent, parole. Le pouvoir n'ayant plus alors d'unité, marche vers une dissolution sociale qui n'a plus d'autre barrière que l'intérêt. » Ce que traduit le roman, c'est un désenchantement né des espérances saccagées. Celui du Balzac de 1832. Raphaël est ruiné par les décrets Villèle, il est condamné à la pauvreté, à la solitude de l'hôtel Saint-Quentin. C'est la misère qui fait obstacle à son amour pour Pauline. L'épilogue fait de Foedora, « la femme sans cœur », l'emblème de la Société : froide, avare qui se refuse à la jeunesse, qui ne trahit d'émotion que pour l'argent dont elle a fait son dieu. Balzac décrit une société de vieillards où triomphe Taillefer, le meurtrier de *L'Auberge rouge*, qui a construit sa fortune sur le sang, et Foedora, la femme sans passion dont la blancheur parfaite renvoie à celle de l'argent. Raphaël incarne une autre forme du mal du siècle, non plus la lassitude de René, mais l'impatience de vivre qui entre en conflit avec un monde social qui n'offre que des possibilités restreintes aux individus. En ce sens, *La Peau de chagrin* est aussi un mythe politique et social. Le livre s'inscrit donc dans cette « école du désenchantement » qu'évoquait Balzac, dans un article du *Voleur* de septembre 1830, en s'appuyant sur la lecture de quatre œuvres significatives, dont *Le Rouge et le Noir*.

La Recherche de l'Absolu

Genèse et publication

Le titre n'apparaît pas dans l'*Introduction aux Études de mœurs au XIXe siècle* de F. Davin. À sa place, il est fait mention de « La Fleur des pois », le noyau d'un roman ultérieur, *La Vieille Fille*. Le scénario d'un autre projet, « Les Jeunes Gens », lui succède. Il contient en germe l'intrigue de *La Recherche de l'Absolu*. Et notamment l'opposition de la fille et du père, déjà au cœur d'*Eugénie Grandet*. C'est d'ailleurs une histoire du même type que Balzac voudrait refaire, lorsqu'un thème antérieur resurgit, celui qui devait fournir la matière aux « Souffrances de l'inventeur » (inspiré du destin de Bernard Palissy) et vient se superposer au schéma des « Jeunes Gens ». L'idée de situer le roman en Flandre naît des nombreuses relations de l'auteur avec des intellectuels originaires de la région, notamment Marceline Desborde Valmore, une poétesse, et le sculpteur Bra.

Pendant l'été 1834, Balzac travaille à son livre, accablé de soucis financiers et familiaux, qui trouveront un écho dans son manuscrit. Dans un contexte personnel difficile, il vient à bout de celui-ci ; « Je suis terriblement seul, personne ne connaît les secrets de mon cœur », avoue-t-il dans une lettre à Mme Hanska. Cependant que « la Dilecta » se meurt dans sa propriété de La Bouleaunière. En septembre, le livre paraît, intégré aux « Scènes de la vie privée », sous le titre *La Recherche de l'Absolu*. Légèrement modifié, *Balthazar Claës ou la Recherche de l'Absolu*, il est réédité en 1839. Ce n'est qu'en 1845, dans le « Prospectus de *La Comédie humaine* », qu'il est classé dans les *Études philosophiques*.

RÉSUMÉ

L'action débute en août 1812 à Douai, dans la vieille demeure bourgeoise des Claës. Pour satisfaire son rêve de connaissance, Balthazar Claës ruine sa famille. Trop éprise de son mari qu'elle admire, sa femme n'ose s'opposer à ses chimères. Elle meurt durant l'hiver 1816, laissant ses enfants pratiquement ruinés. Sa fille Marguerite se charge alors de la maison Claës.

Courtisée par le notaire Pierquin, dont elle repousse les avances intéressées, elle trouve en Emmanuel de Solis l'amour et l'appui suffisants pour s'opposer à la folie de son père. Obtenant de lui qu'il renonce à ses recherches, elle lui trouve une place de receveur en Bretagne. Elle profite des sept années d'absence de celui-ci pour rétablir la fortune familiale.

En 1825, Balthazar revient à Douai. Sa maison a retrouvé ses fastes d'antan. Il assiste au mariage de trois de ses enfants. Marguerite, qui a épousé Emmanuel, part pour l'Espagne où son mari vient d'hériter. Ils y restent deux ans. Mais, pendant leur absence, Balthazar a repris ses recherches, compromettant à nouveau la fortune familiale. Marguerite revient en septembre 1831 ; le même jour, le chercheur d'absolu est victime d'une attaque qui le laisse privé de la parole. Il meurt, un an plus tard, au moment où il parvient au terme de ses recherches.

COMMENTAIRE

Une narration balzacienne typique

Le récit s'étend sur vingt ans et suit, à l'exception d'un long retour en arrière au début, un ordre linéaire. Balzac reprend le schéma d'*Eugénie Grandet* : une exposition qui présente la maison et le passé conjugal des Claës, une partie centrale construite sur un double conflit (entre Joséphine Claës et son mari, entre Marguerite et son père), enfin un dénouement bref qui relate la mort du chimiste. L'intrigue était primitivement découpée en sept chapitres (nombre récurrent d'ailleurs dans le récit) : deux d'exposition, quatre recouvrant la partie centrale, le dernier correspondant au dénouement.

La cohérence de l'ensemble est renforcée par l'unité de lieu (la maison de Douai), le nombre restreint des protagonistes et surtout les nombreuses symétries caractéristiques de la composition balzacienne : un repas d'anniversaire de mariage des Claës, « sombre et triste », « dernier éclat » d'une splendeur passée (il se déroule d'ailleurs au moment de la Berezina !) auquel répond le repas, réussi cette fois, donné par Marguerite pour le retour de son père. Deux grandes scènes, qui voient s'opposer l'épouse et le mari, puis la fille et son père. Deux propositions faites à la jeune fille, l'une par Pierquin, l'autre par Emmanuelle. Symétries qui soulignent les contrastes entre les personnages et les situations.

Un roman flamand

Indissociable du drame, la maison des Claës, véritable scène théâtrale, avec son laboratoire, son parloir, sa galerie de tableaux, sa salle à manger. Comme détachée de la ville qui l'entoure, uniquement présente par la rumeur qui court sur les Claës. Si l'on ne pénètre qu'une fois dans le laboratoire, avec Marguerite – comme le cabinet de Grandet c'est un lieu interdit –, le parloir, à l'instar de l'antichambre de la tragédie classique, est le lieu central du drame. C'est là que se déroulent les scènes décisives entre Claës et sa femme, puis sa fille ; c'est là qu'Emmanuel et Marguerite échangent leur promesse, c'est là que sont célébrés les trois mariages.

La maison évolue en même temps que l'intrigue et les personnages, matérialisant la grandeur puis la décadence de la famille. La maison est un palimpseste de l'histoire collective. « Les événements de la vie humaine, soit publique, soit privée, sont si intimement liés à l'architecture, que la plupart des observateurs peuvent reconstruire les nations ou les individus dans toute la vérité de leurs habitudes », déclare Balzac, comme pour excuser sa longue description de la maison Claës.

Il reconstitue donc un intérieur flamand typique. La référence à la peinture flamande est insistante (la galerie) et les scènes d'intérieur sont construites sur le modèle de celle-ci : importance du décor, des objets, des jeux de lumière. Comme dans cette description de l'entrevue entre Claës et sa femme : « Les rayons du soleil tombaient alors obliquement sur la maison, la prenaient en écharpe, traversaient le parloir, expiraient en reflets bizarres sur les boiseries [...] et enveloppaient cette femme dans la zone pourpre projetée par le rideau de damas drapé le long de la fenêtre. »

Grandeur et décadence de la famille Claës

Le livre s'inscrit dans le sillage des *Études de mœurs*. Balzac décrit un drame privé qui se déroule à huis clos : la menace que fait peser sur une famille la monomanie d'un de ses membres. En se consacrant entièrement à la science, Claës provoque la ruine des siens et la mort de sa femme. « Ce citoyen, tenu de veiller au bonheur d'un ménage, de gérer une fortune, de diriger ses enfants vers un bel avenir, vivait en dehors de ses devoirs. » Du coup, l'ordre naturel qui sous-tend la famille est inversé : c'est la fille qui joue le rôle du père et assure la stabilité de la dynastie familiale. Claës est dépossédé de ses prérogatives paternelles pour avoir dépouillé ses enfants, il est exilé par Marguerite et la parabole évangélique du fils prodigue est retournée : « Chers enfants, vous avez tué le veau gras pour le retour du père prodigue », déclare Balthazar. C'est l'anti-Père Goriot.

Balzac décrit le conflit entre les valeurs de stabilité et d'ordre représentées par la famille et le génie, facteur de désordre et de déséquilibre. Pourtant celui-ci n'est pas condamné car il incarne un principe de dynamisme, de création, essentiel à la vie humaine. Parce que Claës veut l'absolu, il ne peut que se heurter à la sphère du relatif, ici la famille. Bien qu'attaché idéologiquement aux valeurs dont celle-ci est solidaire, le romancier reconnaît la nécessité du génie, et cela sans doute parce que ce conflit, il le vit intimement. De là le caractère tragique que revêt toute existence supérieure, radicalement incompatible avec une vie sociale ordinaire.

Le roman de la science

Il serait faux de voir en Claës une sorte d'alchimiste attardé, nourrissant le vieux rêve de la pierre philosophale. Claës ne cherche ni la richesse, ni l'or de l'alchimie médiévale. C'est un chimiste, disciple de Lavoisier dont il a été l'élève, c'est un homme du XIXe siècle. Ses travaux sont ceux-là mêmes de la chimie la plus contemporaine. Ses recherches sur la fabrication du diamant sont la transposition d'un débat célèbre qui avait eu lieu en 1828, à l'Académie des sciences ; la machine pneumatique qu'il imagine utilise l'électricité, la cristallisation du carbone renvoie aux travaux de Thilorier. Le roman s'appuie donc sur une documentation scientifique minutieuse. Balzac était le voisin du physicien François Arago, qu'il a consulté pour son récit. Laugier, autre savant, lui fit lire *Le Traité de chimie* de Berzélius, chimiste suédois. Écho des « efforts de la chimie moderne », *La Recherche de l'Absolu* tient du récit scientifique et de la science-fiction avant la lettre. Balzac extrapolant à partir d'hypothèses étayées par la science de son temps. La quête de Claës rejoint les spéculations balzaciennes et romantiques sur l'unité de la nature mais aussi les hypothèses de la chimie et de la physique alors en plein essor. Puisque la chimie a montré que la vie organique se réduisait à « quatre corps simples qui sont trois gaz : l'azote, l'hydrogène, l'oxygène ; et un autre corps simple le carbone », pourquoi ne pas supposer la même chose pour l'inorganique ? La recherche de l'absolu, c'est l'effort pour ramener le monde naturel à « une substance commune à toutes les créations » qui, sous l'action d'une force unique (d'origine physique), expliquerait la genèse et la diversité de la matière et de la vie. Claës, comme Balzac, veut remonter aux causes, mu par une volonté de compréhension totale du réel. C'est le rêve faustien qui se poursuit. Son Méphisto, c'est Adam de Wierzchownia, le savant polonais, qui surgit un jour dans sa vie et la bouleverse. Figure satanique, « avec ses deux yeux semblables à des langues de feu ».

La tentation prométhéenne

Plus que Faust, Claës évoque le mythe de Prométhée, auquel le livre fait fréquemment allusion. Balthazar est un géant – « il avait soulevé le monde comme un Titan et le monde revenait plus pesant sur sa poitrine » – et un voleur de feu. Le motif du feu accompagne d'ailleurs le personnage : « Sa peau se collait à ses os, comme si quelque feu secret l'eût incessamment desséchée. » Dans son laboratoire, il cherche à capter le feu solaire. Comme Prométhée, il « travaille pour l'humanité » et son effort est désintéressé : « Il n'y a rien de personnel et de sordide en moi. »

Simultanément, le personnage rejoint un autre mythe, celui de Satan. En prétendant « répéter la nature », il se pose en rival du créateur : « Je pourrai créer », « la nature nous appartiendra, nous serons au-dessus de tout ». Comme l'ange révolté de la Bible, il « commet le péché d'orgueil ». Comme les grands héros balzaciens, Vautrin, Goriot, Louis Lambert, Frenhofer, Gambara, Claës est porteur d'une ambition démiurgique qui cherche à transgresser les limites assignées à l'existence humaine. « Tu entreprends sur Dieu », lui déclare sa femme. Les résonances bibliques jalonnent d'ailleurs le livre : Marguerite est un « ange de force et de lumière », Emmanuel ressemble à l'ange d'un tableau du Guido, son prénom est d'ailleurs le nom messianique du Christ.

Le génie foudroyé

Balthazar Claës s'inscrit dans la lignée des penseurs brisés par la démesure de leur génie : Louis Lambert, Frenhofer, Gambara. Le génie est une fatalité, un drame personnel qui brise l'individu. La passion de Claës, simple distraction au départ, devient une obsession douloureuse (la monomanie selon la psychiatrie de l'époque). La monomanie vire à l'idiotie, puis à la démence, enfin à la paralysie qui ôte à Balthazar la parole. Les portraits successifs accumulent les signes cliniques d'un cas que le romancier observe à la façon du médecin. L'évolution de Claës reproduisant les étapes consignées dans le traité du docteur Georget, *De la folie* (1820).

Études analytiques

PRÉSENTATION DU CYCLE

Structure

Elles appartiennent à *La Comédie humaine* à laquelle elles donnent une conclusion. Le titre renvoie au projet balzacien de fournir non seulement une description du monde social, c'est la tâche des différentes « Scènes », mais une explication de celui-ci. Ce sera d'abord l'objet des *Études philosophiques*, qui exposeront les bases de l'anthropologie de Balzac, envisageant l'existence individuelle indépendamment de ses manifestations sociales. Les *Études analytiques* décrivant ensuite l'homme dans ses comportements culturels. Curieusement, ce sont celles-ci qui couronneront l'édifice, en révélant les « principes » de la vie collective. Le paradoxe s'explique par l'idée très forte et très moderne selon laquelle l'homme est le produit du monde social, qui agit sur lui comme le milieu sur l'animal : « Il y a une nature d'homme que la civilisation obtient dans le règne social, comme les fleuristes créent dans le règne végétal par l'éducation de la serre une espèce hybride qu'ils ne peuvent reproduire ni par semis ni par bouture », écrit le romancier dans *Melmoth réconcilié*.

Inachevées, elles se présentent de manière décousue. Deux ouvrages seulement sont véritablement achevés : *La Physiologie du mariage* et les *Petites Misères de la vie conjugale*, publiés en 1846. Les autres projets restant à l'état d'ébauches ou d'articles publiés dans les différents journaux de l'époque. Ainsi, « L'Anatomie des corps enseignants » qui devait ouvrir le cycle se réduit à quelques aphorismes. Les *Petites Misères de la vie conjugale* ne figurent pas dans le Catalogue de 1845 ; elles devaient pourtant suivre *La Physiologie du mariage* dont elles illustraient les thèses. Constituées d'une série d'articles publiés entre 1830 et 1845, elles seront rassemblées en un volume édité en 1846.

Quant à la *Pathologie de la vie sociale*, c'est un ensemble encore plus complexe regroupant le *Traité de la vie élégante*, la *Théorie de la démarche* et le *Traité des excitants modernes*. Le premier est fait de cinq articles parus dans *La Mode* les 2, 9, 16, 23 octobre et 6 novembre 1833. Le deuxième paraît dans *L'Europe littéraire* d'août à septembre 1833. Le dernier à la suite d'une réédition de *La Physiologie*, en mai 1839. Deux autres titres étaient prévus, une « Monographie de la vertu » et un « Dialogue philosophique et politique sur les perfections du XIXe siècle », qui ne verront jamais le jour.

L'ensemble obéissait à un dessein assez ferme, formulé dans le préambule au *Traité des excitants modernes* : faire « l'examen philosophique de tout ce qui influe sur l'homme avant sa conception, pendant sa gestation, après sa naissance et depuis sa naissance jusqu'à 25 ans, époque à laquelle un homme est fait », tel était l'objet de « L'Anatomie des corps enseignants ». *La Physiologie* suivait, qui évoquait l'entrée dans le mariage et décrivait la condition conjugale. La *Pathologie* se proposait ensuite de détailler la vie sociale de l'homme : « Il s'habille, il se loge, il parle, il marche, il mange, il monte à cheval ou en voiture, il fume, il se grise et se dégrise. » Il s'agissait ainsi de « codifier les lois de cette existence extérieure, de rechercher son expression philosophique, de constater son désordre ». À la « Monographie de la vertu » revenait le soin de « déterminer les lois de la conscience morale qui ne ressemble en rien à la conscience naturelle ».

Dans le sillage des « idéologues », comme Cabanis, Balzac jette les bases d'une science de l'homme social qui décrit, à la façon du naturaliste observant le monde animal, l'entrelacement incessant de la vie individuelle et de la vie sociale. Balzac ne peint donc pas l'Homme éternel mais l'homme social, éphémère, situé dans une époque et un milieu qui le modèlent. « Parle, mange, habille-toi et je te dirai qui tu es », écrivait-il dans son *Traité de la vie élégante*.

La Physiologie du mariage

Genèse et publication

L'ouvrage est le fruit d'une longue maturation, issu à la fois des œuvres de jeunesse, de la brève expérience de l'écrivain comme clerc d'avoué et des souvenirs d'enfance, marqués par le mariage raté de ses parents. « *La Physiologie* est ma première œuvre, elle date de 1820, époque à laquelle elle fut connue de quelques amis, qui s'opposèrent longtemps à sa publication », écrit Balzac dans sa préface.

Une première mouture, rédigée en 1826, ne sera pas publiée. Reprise ultérieurement et menée à terme cette fois, elle paraîtra en décembre 1829, obtenant un succès de scandale sous le très prude et très conservateur ministère Polignac.

La mode est alors aux « Codes » et aux « Arts », genres littéraires non narratifs qui décrivent, à la façon de l'entomologiste, les comportements de l'homme en société. Mieux payés, plus prestigieux, ils ne pouvaient que séduire un auteur à la recherche du succès. Sans doute prévu initialement pour se couler dans le moule du « Code », l'ouvrage ne recevra son titre définitif que sous l'impulsion de *La Physiologie du goût* de Brillat-Savarin, parue en décembre 1825. À la fin mars 1829, Balzac vient de boucler *Le Dernier Chouan* ; en juillet, il s'attelle aux « Scènes de la vie privée » ; entre les deux, il reprend *La Physiologie du mariage*.

RÉSUMÉ

Celle-ci se présente comme une « méditation de philosophie éclectique sur le bonheur et le malheur conjugal ». Elle se divise en trois parties approximativement égales : « Considérations générales », « Des moyens de défense à l'intérieur et à l'extérieur », « De la guerre civile ». Chacune étant constituée d'une succession de réflexions intitulées « méditations » – clin d'œil à Descartes, mais il s'agit cette fois d'une physiologie très concrète de l'intimité conjugale et non plus de métaphysique –, neuf pour la première partie, vingt-deux pour la deuxième, trente pour la dernière.

Les « Considérations générales » sont consacrées à une véritable « monographie » du mariage envisagé en tant qu'institution centrale de la vie sociale. Avec ce constat inaugural : « Le mariage est une institution nécessaire au maintien des sociétés, mais il est contraire aux lois de la nature. » Partant de là, il s'expose à l'adultère. Les quatre premières méditations vont circonscrire sociologiquement l'objet de l'étude : les classes supérieures, aristocratie et grande bourgeoisie. Les méditations examinent l'impossible accord du mariage et du sentiment, décrivant ses symptômes, ses formes, ses causes. Le premier volet s'achève sur la crise qui frappe une institution et qui a ses sources dans l'histoire de la civilisation occidentale. Incapable de produire le bonheur, le mariage débouche sur l'adultère.

Les deux parties suivantes forment une sorte de diptyque qui se propose de répondre à une même question : comment le mari peut-il éviter l'inévitable, c'est-à-dire être « minotaurisé », en d'autres termes être cocu ? Balzac passe alors en revue, avec une ironie et un cynisme provocateurs, les remèdes au mal. Consacrant par exemple pas moins de quatre méditations au délicat problème de la chambre et surtout du lit conjugal ! Car « le lit est tout le mariage », déclare doctement l'auteur. La dernière partie décrit la guerre des sexes qui mine le mariage.

Quoique souvent négligée et peu lue, sans doute en raison de sa forme non romanesque, *La Physiologie du mariage* n'est pas un ouvrage mineur. D'ailleurs, sa place, en tête de *La Comédie humaine*, en témoigne.

Une forme déroutante

Or la forme adoptée tranche avec l'ambition affichée de l'ouvrage, à la fois par la structure et par le ton. Balzac mêle sans cesse à la réflexion générale (la méditation) l'anecdote. Tantôt dramatique, comme l'épisode de l'agonie de la vieille de Gand, qui avait dissimulé sous son plancher la tête de son mari, tantôt franchement triviale comme l'histoire de l'amant surpris qui se réfugie dans le boudoir de sa maîtresse et est pris d'une violente colique ! Destinées à « ménager des haltes au lecteur », ces digressions multiplient les situations bouffonnes, les quiproquos et les coups de théâtre qui relèvent davantage de l'univers théâtral que du parti pris philosophique annoncé. L'analyste froid et prétendument objectif, s'appuyant sur des statistiques, se révélant tour à tour moraliste et surtout conteur, dans la veine des *Contes drolatiques* à venir.

À ce caractère « éclectique » de la composition se superpose le ton surprenant de l'œuvre, placée sous le patronage de Rabelais. Décalage avec le sérieux du titre qui naît déjà du thème abordé : l'adultère. « N'est-ce pas une entreprise neuve à laquelle tout philosophe a renoncé que de montrer comment on peut empêcher une femme de tromper son mari ? N'est-ce pas la comédie des comédies ? » D'emblée le ton est donné, l'auteur apostrophant familièrement ses lecteurs : « Disciples de Panurge, de vous seuls je veux pour lecteurs. » Invitant ces « buveurs très illustres » à « comprendre à demi-mot et tirer nourriture d'un os médullaire ».

Aussi l'ouvrage apparaît-il sous un jour singulièrement cru, notamment lorsqu'il aborde la sexualité dans le mariage (« Ne commencez jamais le mariage par un viol »), cynique et provocateur lorsqu'il énonce ses recommandations policières aux maris. Balzac inaugure ici une écriture distanciée, ironique, qui rompt avec le sentimentalisme et le pathos romantiques.

Les thèses balzaciennes

Pourtant derrière l'apparente désinvolture du propos se profile une réflexion plus grave sur le mariage et la condition féminine. Dénonçant les formes juridiques d'une institution qui se révèle incapable d'unir amour et lien conjugal et, partant, d'assurer le bonheur des époux. Échec qui ne fait que traduire celui d'une civilisation qui a réduit le mariage à sa seule dimension économique et sociale : garantir la transmission du patrimoine et assurer la suprématie du pouvoir masculin. Excluant du même coup le désir et condamnant le mariage à un éternel malentendu.

Ce que dénonce Balzac, ce n'est pas l'institution conjugale mais le carcan juridico-économique qui pèse sur lui. Aussi se fait-il réformateur, réclamant le rétablissement du divorce, supprimé en 1816. Critiquant le système de la dot, qui exclut la jeune fille pauvre et la voue à toute une pathologie psychosomatique. Stigmatisant encore l'âge du mariage, qui oblige la femme à épouser un homme beaucoup plus vieux qu'elle et générant la mésentente sexuelle. Soulignant les conséquences désastreuses qui naissent du décalage entre l'éducation des filles et celle des hommes et qui les condamnent à rencontrer brutalement les réalités psychologiques et sexuelles du mariage alors qu'elles n'y sont pas préparées. Transformant celui-ci en une épreuve physiquement et affectivement décevante.

Balzac féministe ?

On le voit, malgré son ton sarcastique et cynique, *La Physiologie du mariage* s'inscrit dans la lignée des traités d'éducation du XVIIIᵉ siècle et notamment de Rousseau, dont l'auteur se réclame, ainsi que de ces ouvrages consacrés à l'éducation des filles et qui fleurissent en ce début de siècle. Pensons à *Adèle et Théodore ou Lettres sur l'éducation* de Mme de Genlis (1827), à *L'Éducation domestique ou Lettres de famille sur l'éducation* de Mme Guizot (1826), ou encore à *L'Essai sur l'éducation des femmes* de Mme Rémusat de 1824. Affectant de prendre le parti des maris, Balzac en réalité se moque des Arnolphe et des Chrysale de la bourgeoisie de son temps, se posant en analyste lucide et en réformateur de la condition féminine.

En marge de La Comédie humaine

Balzac conteur

Contes drolatiques

Ou « le rire est un enfant nu, un enfant habitué à jouer avec la tiare, l'épée et la couronne » (Avertissement).

Genèse et publication

Sur les cent contes originellement prévus, sous forme de dizains, trente seulement parurent. Un premier dizain en avril 1832, un deuxième l'année suivante, enfin un troisième en 1837. Dès le début, l'œuvre fut mal accueillie par une critique qui rejetait tout à la fois l'archaïsme déclaré de l'écriture et la crudité des contes. À gauche comme à droite, l'unanimité se fit contre l'obscénité de ces derniers. Aussi l'œuvre fut-elle longtemps négligée, considérée comme un simple délassement qui prolongeait la veine rabelaisienne de *La Physiologie du mariage*.

Pourtant, elle s'inscrivait dans l'engouement général pour le Moyen Âge et le renouvellement de la culture populaire lié au romantisme européen. La même année que le premier dizain, Nodier publiait *La Fée aux miettes*. Dans son « Prospectus d'une traduction nouvelle d'Hérodote », Paul-Louis Courier revendiquait le droit pour l'écrivain et le traducteur de puiser au vieux fonds archaïque, populaire et dialectal de la langue. Balzac, de son côté, écrivait dans un court texte, la *Théorie du conte* : « Il faut montrer que le conte est la plus haute expression de la littérature. »

Commentaire

• Forme et structure

Écrits dans une langue archaïsante qui pastiche Rabelais et adoptant une orthographe qui reproduit celle du XVIe siècle, les *Contes* se présentent comme un exercice de style. À partir d'une situation de base comique et stéréotypée, ils constituent une vaste variation qui renoue avec la fantaisie gaillarde et crue des fabliaux médiévaux : « Soient donnés un mari, sa femme et un amant, déduisez cent contes dont aucun ne ressemble à l'autre », écrit Balzac (*Théorie du conte*). Derrière la liberté apparente de la composition se cache cependant une « œuvre concentrique » (Prologue du troisième dizain), dans laquelle les contes se répondent et obéissent à une cohérence d'ensemble.

Le premier dizain s'ouvre sur « La Belle Impéria » et le troisième sur « La Belle Impéria mariée », reprenant le même personnage de la courtisane initiatrice et protectrice. Mais à l'érotisme innocent et radieux a fait place la mélancolie. Impéria a épousé le cadet de l'Isle-Adam et ne peut lui donner d'enfant, aussi se suicide-t-elle pour lui permettre de se remarier et de prolonger la lignée. Même effet de symétrie entre « Désespérance d'amour », qui clôt le deuxième dizain, et « Persévérance d'amour » qui ouvre le suivant. Le premier s'achève sur l'estafilade qu'Angelo fait à sa maîtresse qui se refuse à lui, le second sur le mariage et la liberté reconquise d'Anseau, l'orfèvre tourangeau, et Tiennette. Le parallélisme des situations se retrouve au plan des lieux : ainsi tout le premier dizain est-il construit sur l'opposition Paris/Touraine, conférant à celle-ci une place centrale.

• À l'ombre de *La Comédie humaine*

C'est au moment où Balzac prend conscience de l'unité de son œuvre que les *Contes* s'interrompent. L'écrivain marqué par Rabelais, influencé par la vogue du conte fantastique, cédant la place au romancier journaliste qui invente le roman-feuilleton en 1836. « L'interruption des *Contes drolatiques* représente une étape décisive, entre une époque archaïque de l'écriture balzacienne en quête d'elle-même et l'épanouissement d'une nouvelle conception de l'œuvre littéraire » (R. Chollet et N. Mozet[1]). Le lien est étroit en effet entre ces deux « œuvres concentriques ». Nombre de personnages passent de l'une à l'autre. Maître Cornélius, le héros des « Joyeulsetez du roy Loys le unzièsme », est issu de la nouvelle du même nom ; le Mortsauf du *Lys* figure déjà dans le même conte. Dans les *Contes*, Balzac applique le retour des personnages (*cf.* Impéria, la courtisane). Plus profondément, certains des grands thèmes de *La Comédie humaine* sont à l'œuvre dans les *Contes*. L'initiation du jeune homme (« La Belle Impéria »), la femme vieillissante (« Comment fust basti le château d'Azay »),

1. In «Notice» sur les *Contes drolatiques* (éd. de La Pléiade).

l'abandon maternel (« Le dansgier d'être trop coquebin »), l'adultère qui traverse toute l'œuvre, le thème des deux frères, le légitime et le bâtard (« Berthe la repentie »).

C'est que les *Contes* s'alimentent à la biographie et à l'imaginaire de leur auteur. Héros tourangeaux comme Philippe Mala, le héros de « La Belle Impéria mariée », ou Anseau, l'orfèvre de « Persévérance d'amour », qui sont autant de doubles de Balzac. Références directes aux amitiés de l'écrivain, comme le Jéhan de Sachez, le jeune bachelier de « Berthe la repentie », double du conteur et nom du châtelain de Saché. Transpositions d'événements privés, comme « Désespérance d'amour », directement lié à l'échec de la liaison avec Mme de Castries, et écrit juste après. Conter, c'est aussi se raconter. « J'ai écrit mes désirs, mes rêves », déclare Balzac, dans une de ses lettres de mars 1833, à Mme Hanska, alors qu'il achève le deuxième dizain. L'évolution des dizains suit d'ailleurs la courbe de la vie de Balzac : la Touraine se fait moins présente, trois contes seulement dans le dernier s'y déroulent ; l'âge des personnages se modifie ; les « coquebins » se font plus mûrs et la veine drolatique s'épuise. Entre-temps, Mme de Berny est morte (1836) et Ève Hanska a fait son apparition dans la vie de l'écrivain. C'est à elle qu'est adressé le prologue du troisième dizain.

• Le drolatique

Il recouvre des personnages et des situations, désignant leur caractère curieux, insolite et cocasse. Plus encore, il révèle une façon de percevoir le réel, d'en déceler le pittoresque et l'étrangeté, d'en saisir le mixte de sérieux et de comique. Il ne se cantonne pas à l'univers des *Contes*, il irradie toute l'œuvre balzacienne : c'est l'apparition de Chabert et de son carrick élimé qui fait rire les clercs, c'est le visage du cousin Pons, « une de ces figures falotes et drolatiques comme les Chinois seuls en savent inventer pour leur magot ». C'est encore le baiser de Félix de Vandenesse à Mme de Mortsauf, lors de la réception en l'honneur du duc de Berry, et qui transgresse, dans une suprême inconvenance, l'étiquette mondaine. Le drolatique souligne les dissonances, l'aspect hybride de la vie et déclenche le rire.

La gaieté des *Contes* est une réponse à l'époque, à la grisaille et au désenchantement nés de la révolution avortée de Juillet : « La raillerie est toute la littérature des sociétés expirantes », déclarait la préface de *La Peau de chagrin*. En même temps qu'une contestation du romantisme. D'où cet éloge du rire, « excellent système, car il consacre la liberté » (*Complaintes satiriques sur les mœurs du temps présent*). Le drolatique relève d'une esthétique du rire et de la dérision, exhibant le disparate d'un monde fragmenté (« Nous n'avons plus de physionomie »), où le pathétique côtoie le grotesque. *La Comédie humaine* et les *Contes drolatiques* sont décidément écrits d'une même plume, mais trempée dans ces deux encriers différents évoqués dans le prologue du troisième dizain : « D'ung goddet sourdoyent choses graves qui s'escrivoient en encre brune ; et de l'aultre, choses frétillantes qui rubriquoient joyeulzement les feuillets de cayer. »

Balzac dramaturge

« Nous allons bâcler le dramorama pour toucher la monnaie[1] »

Relégué dans l'ombre par *La Comédie humaine*, le théâtre de Balzac est méconnu. Pourtant, avec ses neuf pièces achevées, dix-huit fragments et plus de cent projets, il témoigne de la continuité des préoccupations dramatiques du romancier. Dès la rue Lesdiguières, c'est vers la scène que se porte l'apprenti-écrivain, rédigeant un *Cromwell*. Plus prestigieux et plus lucratif que le roman, le théâtre ne pouvait qu'attirer Balzac. À chaque fois que sa situation matérielle se détériorera, il cherchera dans une pièce l'argent rapide et facile. Mais aucune des quatre pièces représentées, à l'exception de *La Marâtre*, ne connaîtra le succès : *Vautrin* est jouée une seule fois, le 16 mars 1840, elle est interdite le lendemain ; *Les Ressources de Quinola* quitte l'affiche, deux ans plus tard, après seulement dix-neuf représentations ; *Paméla Giraud*, montée le 26 septembre 1843, tombe au bout de quelques jours, victime de la cabale des journalistes violemment attaqués dans *Illusions perdues* ; *La Marâtre* en revanche, créée le 25 mai 1848, est accueillie favorablement, mais les événements politiques tiennent le public à l'écart des théâtres et Balzac ne retire pas le profit escompté.

Le contexte théâtral

Les années 1840-1850, durant lesquelles Balzac multiplie les tentatives dramatiques, voient l'échec du drame romantique à bout de souffle. Le genre dégénère alors en mélodrame ou en vaudeville. La vogue est à l'adaptation à la scène des succès du roman-feuilleton. Aussi, sur le plan

1. Déclaration de Balzac rapportée par Théophile Gautier dans ses *Souvenirs romantiques*.

formel, le théâtre de Balzac n'innove-t-il guère. *La Marâtre*, sa meilleure pièce, use et abuse des recettes du mélo : empoisonnements en série, fausses identités, sombre vengeance d'une femme à la fois mère et rivale. *Le Faiseur*, rebaptisé *Mercadet* par la suite, le seul véritable succès théâtral de Balzac, mais posthume, repose sur un dénouement en forme de *deus ex machina* : le spéculateur Mercadet imagine, pour tromper ses créanciers, de déguiser un aristocrate désargenté (de la Brie, son futur gendre) en Godeau, un ami revenu millionnaire des Indes. La supercherie tourne bien, puisque le vrai Godeau survient et règle les dettes de son ami Mercadet !

Des thèmes très balzaciens

Plus intéressants en revanche les thèmes, caractéristiques de l'univers de leur créateur. *Les Ressources de Quinola* campent le personnage de l'inventeur (Fontanarès) aux prises avec un monde qui le persécute et le dépouille de sa découverte (ici le personnage de Don Ramon, le représentant de l'Inquisition). Ce sont « les souffrances de l'inventeur » portées à la scène. L'invention de Fontanarès, un bateau à vapeur en plein XVIe siècle !, reflète le mythe prométhéen de *La Peau de chagrin* ou de *La Recherche de l'Absolu* : « Une puissance invincible, la vapeur... La vie s'augmente de tout le temps économisé » (Prologue, 13). Marie Lothundig, la jeune fille idéalisée que persécute un père avare et qui se sacrifie pour Fontanarès, renoue avec bien des jeunes filles de Balzac, et notamment Eugénie Grandet. Réalisant en même temps un fantasme personnel, celui de la jeune femme aimante, protectrice et riche qui permettrait au créateur de *La Comédie humaine* d'accomplir son œuvre. « Aimer, pour nous, c'est se dévouer », déclare Faustine, la courtisane (II, 14). *La Marâtre* est un huis clos sordide, digne de *La Cousine Bette* : la belle-mère, double balzacien de la mauvaise mère, Gertrude de Grandchamp, épouse d'un ex-général d'Empire, devenu fabricant de draps à Louviers, aime le même homme (Ferdinand) que sa fille Pauline. La pièce s'achèvera sur un triple empoisonnement (de la fille, de son amant, de la belle-mère). Sous les yeux d'un Bianchon de service, le docteur Vernon, la question du mariage, « seul roman possible de la vie » (I, 9), est agitée. Quant à Grandchamp, c'est un remake de Goriot et de Hulot, nouvel avatar de la paternité rompue.

Romanesque et théâtralité

Mais le véritable théâtre de Balzac est sans doute dans ses romans. Dans la structure narrative, qui reproduit, avec son exposition, sa partie centrale et son dénouement, le découpage de la tragédie et du drame.

Théâtraux encore, les dialogues, si importants chez Balzac. Chaque personnage, faisait remarquer Proust, a sa voix propre, son accent, ses tournures familières, ses tics. Et son langage évolue en même temps que lui, l'acquisition de nouvelles manières de parler traduisant sa trajectoire sociale. Roman polyphonique, tel est le récit balzacien.

Admirateur de Molière et de Shakespeare, lecteur de Beaumarchais et de Diderot, Balzac fait du drame bourgeois voulu par ce dernier la matière du roman. Avec lui, le théâtre cesse d'être le moyen privilégié d'expression d'une culture pour céder la place au genre romanesque.

Balzac journaliste

« L'influence et le pouvoir du journal n'est qu'à son aurore. »

Portrait de l'écrivain en journaliste

L'écrivain qui faisait dire à l'un de ses personnages : « Le journalisme est un enfer, un abîme d'iniquités, de mensonges et de trahisons », collabora pourtant toute sa vie avec la presse alors en plein essor. Commencée dès les premières années, cette collaboration connut un tournant décisif en 1830, avec la rencontre d'Émile de Girardin. Au même moment, l'écrivain est célèbre, mais ruiné. Simultanément, il découvre que le roman ne nourrit pas son homme. Le journal est alors un passage obligé pour l'écrivain qui veut vivre de sa plume. « Je combattais la misère avec ma plume ! Je voulais payer une dette immense pour moi, et vivre honorablement », déclare Balzac dans l'historique du procès du *Lys dans la vallée*.

1830 marque donc le début d'une production abondante et continue. Cette année-là, Balzac multiplie les articles en tous genres, notamment dans la presse Girardin (*La Silhouette*, *Le Voleur*, *La Mode*, *Le Feuilleton des journaux politiques*). À partir de 1832, sa collaboration s'étendra à la presse légitimiste, des keepsakes comme *L'Émeraude* ou *Le Saphir* à des journaux comme *Le Rénovateur*. Il ne se contentera pas d'écrire des articles, il fondera son propre journal : la *Chronique de Paris* en 1836, *La Revue de Paris*, quatre ans plus tard. Ce fut à chaque fois un échec. Si la presse répondait à des préoccupations d'abord alimentaires, elle était à ses yeux une tribune obligée, où il voyait le moyen d'exposer, à un public plus vaste, ses idées.

Sa production journalistique abordait les domaines les plus divers : politique, social, moral, littéraire ou artistique. Balzac s'y montre attentif à l'actualité la plus immédiate. L'« Enquête sur la politique de deux ministères », de 1831, les « Lettres sur Paris », de septembre 1830 à mars 1831, sont une chronique et une analyse de l'après-Juillet, des espoirs suscités puis brisés, du triomphe des épiciers et des banquiers, de la jeunesse mise à l'écart. À côté de ces articles politiques, il y a les articles de critique littéraire : De l'éreintement d'*Hernani* en mars-avril 1830, aux quatre commentaires fraternels qu'il consacrera, en septembre 1840, à *La Chartreuse de Parme* de Stendhal. Mais l'essentiel de cette collaboration journalistique consiste en de courts textes d'observation sociologique, qui décrivent de façon pittoresque les aspects les plus prosaïques de la vie sociale : « Physiologie de l'épicier », « Le dimanche d'une ouvrière », « Des mots à la mode », « Paris en 1831 »... Enfin, il faut rappeler que la plupart des récits balzaciens seront d'abord publiés dans la presse, les nouvelles dès 1830, les romans à partir de 1836, avec la parution pour la première fois dans un journal d'un roman, *La Vieille Fille*. Balzac et Girardin inventant ainsi le roman-feuilleton.

L'apport du journalisme

Aussi journalisme et littérature sont-ils indissociables chez Balzac ; le premier nourrissant la seconde d'une expérience accumulée au cours des articles et retentissant sur l'écriture elle-même. *Illusions perdues* sera le roman-réquisitoire de la presse. En même temps, Balzac n'hésitera pas à puiser dans ses articles pour meubler ses romans, réutilisant, parfois à peine modifiés, des passages entiers de ceux-ci. Mais surtout l'expérience journalistique aura contribué à développer chez l'écrivain des qualités d'observation, un souci d'exactitude documentaire, une attention à l'actualité la plus immédiate qui conféreront à *La Comédie humaine* son réalisme saisissant. Enfin, les nécessités de l'écriture journalistique, rapidité, recherche de l'efficacité, rhétorique directe et polémique, influenceront le style si décrié de l'écrivain. Néologismes, références à l'actualité, pittoresque des anecdotes, goût du commentaire, calembours, mélange des niveaux de langue, insertion des lexiques spécialisés du droit, du commerce, de la finance, de la science, venus tout droit de la presse, contribueront à élargir et à renouveler en profondeur la langue romanesque.

Groupements thématiques

LA VILLE DE PROVINCE

Textes

Avec Balzac, la province devient le lieu et la matière du roman. Elle revêt des significations multiples : oppressante, immobile, à l'écart de l'histoire et pourtant travaillée par des luttes souterraines et implacables.

La Rabouilleuse : de « Dans une ville ainsi constituée, sans aucune activité » à « en de continuelles alarmes » (description d'Issoudun).

Eugénie Grandet : du début à « quelques pièces de drap sur les rayons » (présentation de Saumur).

Illusions perdues : de « Une vieille ville » à « immobile comme leur ville et son rocher » (description d'Angoulême).

Béatrix : de « Une des villes » à « où les idées nouvelles ont peu d'accès » (description de Guérande).

Citations

« Issoudun aurait engourdi Napoléon » (*La Rabouilleuse*).

« Cette petite ville est donc l'Herculanum de la féodalité, moins le linceul de la lave » (à propos de Guérande) (*Béatrix*).

« La France et la Bretagne particulièrement possèdent encore aujourd'hui quelques villes complètement en dehors du mouvement social qui donne au XIXe siècle sa physionomie » (*Ibidem*).

LA TECHNIQUE DU PORTRAIT BALZACIEN

Textes

Visages, silhouettes, vêtements, tout est signe pour Balzac. Portraiturer, c'est déchiffrer, rendre lisibles et visibles les secrets de l'intériorité.

Ursule Mirouët, le portrait de Minoret-Levrault : de « Mais à l'aspect de Minoret Levrault » à « une loi sans exception ».

Le Père Goriot, portrait de Vautrin : de « Entre ces deux personnages » à « soigneusement enfoui » ; le portrait de Poiret : de « M. Poiret était une espèce de mécanique » à « monstruosités curieuses ».

Une ténébreuse affaire, le portrait de Michu : de « Il y a des physionomies prophétiques » à « regardait par moments ».

Citations

« Les lois de la physionomie sont exactes, non seulement dans leur application au caractère, mais encore relativement à la fatalité de l'existence » (*Une ténébreuse affaire*).

« Le caractère d'immutabilité que la nature a donné à ses espèces zoologiques se retrouve là chez les hommes » (*Béatrix*).

« Selon un mystère assez populaire, chaque face humaine a de la ressemblance avec un animal. L'animal de Marcas était le lion » (*Z. Marcas*).

LA MORT DU HÉROS

Textes

Pathétique, la morte exacerbe les passions, décuple l'énergie du héros. En même temps qu'elle met en accusation une société.

Le Père Goriot, la mort de Goriot : de « Je veux mes filles » à « comme pour prendre les cheveux de ses filles ».

Illusions perdues, la mort de Coralie : de « Lucien revint chez lui » à « dit gravement le prêtre ».

Splendeurs et misères des courtisanes, la mort de Lucien : de « À la hauteur où Lucien se trouvait » à « pendu à la croisée au moyen de sa cravate ».

Le Lys dans la vallée, la mort de Mme de Mortsauf : de « Comme autrefois » à « je la couchai tout habillée sur son lit ».

Citations

« Ça va vite le refroidissement des morts. Si l'on n'apprête pas un mort pendant qu'il est encore tiède, il faut plus tard lui casser les membres » (*Le Cousin Pons*).

« À quoi sert le pouvoir si la vie nous échappe » (*Sur Catherine de Médicis*).

Anthologie critique

Les contemporains

Victor Hugo prononça l'oraison funèbre, le 21 août 1850, au Père-Lachaise : « Tous ses livres ne forment qu'un livre, livre vivant, lumineux, profond, où l'on voit aller et venir, et marcher et se mouvoir, avec je ne sais quoi d'effaré et de terrible mêlé au réel, toute notre civilisation contemporaine, livre merveilleux que le poète a intitulé "Comédie" et qu'il aurait pu intituler "Histoire" ; qui prend toutes les formes et tous les styles, qui dépasse Tacite et qui va jusqu'à Suétone, qui traverse Beaumarchais et qui va jusqu'à Rabelais [...] qui prodigue le vrai, l'ultime, le bourgeois, le trivial, le matériel et qui, par moment [...], laisse tout d'un coup entrevoir le plus sombre et le plus tragique idéal. »

Saint-Beuve, dans son « Lundi » du 2 septembre, abandonna ses réticences pour signaler l'importance de l'œuvre : « Qui, mieux que lui, a peint les vieux et les belles de l'Empire ? Qui surtout a plus délicieusement touché les duchesses et les vicomtes de la fin de la Restauration, ces femmes de trente ans qui, déjà venues, attendaient leur peintre avec une anxiété vague ? [...] Qui, enfin, a mieux pris sur le fait et rendu dans sa plénitude le genre bourgeois, triomphant sous la dynastie de Juillet ? »

Baudelaire, dans un article consacré à Théophile Gautier, paru dans *L'Artiste* du 13 mars 1859, souligna le premier le génie visionnaire de Balzac : « J'ai maintes fois été étonné que la grande gloire de Balzac fût de passer pour un observateur ; il m'avait toujours semblé que son principal mérite était d'être visionnaire, et visionnaire passionné. [...] Chacun, chez Balzac, même les portières, a du génie. Toutes les âmes sont des âmes chargées de volonté jusqu'à la gueule [...] »

Grands écrivains et critiques du XXe siècle

Marcel Proust a attiré l'attention sur le rôle du retour des personnages, dans son *Contre Sainte-Beuve*, publié en 1954, mais écrit au début du siècle : « C'est l'idée de génie de Balzac que Saint-Beuve méconnaît là. Sans doute, pourra-t-on dire, il ne l'a pas eu tout de suite... Qu'importe... Mais les ajoutages, ces beautés rapportées, les rapports nouveaux aperçus brusquement par le génie entre les parties séparées de son œuvre qui se rejoignent, vivent et ne pourraient plus se séparer, ne sont-ce pas de ses plus belles intuitions ?... C'est un rayon qui a paru, qui est venu se poser à la fois sur diverses parties ternes jusque-là de sa création, les a unies, fait vivre, illuminées, mais ce rayon n'en est pas moins parti de sa pensée. »

L'année suivante parut une *Histoire de la littérature française de 1789 à nos jours* du grand critique **Albert Thibaudet** : « "Quand j'ai été père, dit Goriot, j'ai compris Dieu." Voilà un mot extraordinaire qui nous met aux sources de la création balzacienne. La présence de Dieu, le consentement à Dieu sont aussi évidents, aussi nécessaires, aussi absolus dans l'œuvre de Balzac, pleine comme un jour de la création, que l'absence, l'inexistence de Dieu dans l'œuvre de Proust. »

La critique contemporaine

Elle est marquée par l'influence de la critique marxiste qui, dans le sillage de **G. Lukács** (*Balzac et le réalisme français*), a renouvelé profondément l'approche de l'œuvre balzacienne : « Balzac ne fait jamais de morale à propos de ses héros, il montre la dialectique objective de leur ascension ou de leur déchéance. [...] L'ensemble des déterminations sociales s'exprime de façon inégale, compliquée, confuse, contradictoire, dans le dédale des passions personnelles et des événements fortuits. »

Dans *Balzac. Une mythologie réaliste* (1971), **P. Barbéris** écrit : « Le roman balzacien est le roman de la famille, de la jeunesse, de la femme, de la province et de Paris, considérés non comme lieux ou moments privilégiés ou préservés, mais bien comme lieux ou moments où se saisit le processus moderne : d'une part de volonté d'être et d'aptitude à être, d'autre part d'aliénation, de déracinement, de déshumanisation. »

D'autres approches, thématiques ou linguistiques, ont contribué à éclairer ce continent profus. Ainsi **G. Genette** (*Figures II*, 1969) : « Chez Balzac, [...] le discours s'étale, prolifère et paraît souvent sur le point d'étouffer le cours des événements qu'il a pour fonction d'éclairer [...] Un pas de plus, et l'action dramatique passera au second plan, le récit perdra sa pertinence au profit du discours : prélude à la dissolution du genre romanesque et à l'avènement de la "littérature", au sens moderne du mot. »

Le *Balzac au pluriel* (1990) de **N. Mozet** analyse entre autres l'importance du thème provincial dans le texte balzacien : « Dans "La Comédie humaine", il est toujours mortel, surtout pour un homme, de s'enraciner dans son espace originel, car une mère a le pouvoir de tuer celui auquel elle a donné la vie. Or, pour Balzac comme pour le Stendhal du *Rouge*, il n'y a pas de province sans maternité ou maternage. »

Recherches et exercices

SUJETS D'EXPOSÉS GÉNÉRAUX

- La province dans *La Comédie humaine*.
- Le personnage de Vautrin.
- La description dans le récit balzacien.
- Paris dans *La Comédie humaine.*
- L'argent dans *La Comédie humaine*.
- Les épilogues balzaciens.
- Commentaire et récit dans la narration balzacienne.
- Initiateurs et initiés dans *La Comédie humaine*.
- Les courtisanes dans *La Comédie humaine*.
- Le jeune homme dans le roman de Balzac.
- Balzac et l'Orient.
- Figures de peintres dans *La Comédie humaine*.
- Le fantastique dans le récit balzacien.

SUJETS D'EXPOSÉS PORTANT SUR UNE ŒUVRE

- Structure d'une nouvelle balzacienne : *Sarrasine*, *Une double famille*.
- La société secrète dans la trilogie de l'*Histoire des Treize*.
- L'utopie balzacienne à travers *Le Médecin de campagne* et *Le Curé de village*.
- Le thème de la spoliation dans *Le Colonel Chabert*.
- Le mythe napoléonien dans *Le Colonel Chabert* et *Le Médecin de campagne*.
- Le roman-feuilleton dans *Splendeurs et misères des courtisanes*.
- La maison dans *Eugénie Grandet* ou *La Vieille Fille*.
- La nature dans *Le Lys dans la vallée*.
- La science dans *La Peau de chagrin* ou *La Recherche de l'Absolu*.
- Narrateurs et narrataires dans *Z. Marcas*.
- La jeune fille dans *Eugénie Grandet* et *La Recherche de l'Absolu*.

– Le roman historique dans *Une ténébreuse affaire*.
– Aspects du roman épistolaire dans *Le Lys dans la vallée*.
– La collection dans *Le Cousin Pons*.

SUJETS DE COMPOSITION FRANÇAISE

• Dans son Avant-propos, Balzac écrit : « J'ai mieux fait que l'historien, je suis plus libre. » Expliquez et commentez ce jugement en vous appuyant sur votre connaissance de l'œuvre de Balzac.

• « J'ai maintes fois été étonné que la grande gloire de Balzac fût de passer pour un observateur ; il m'avait toujours semblé que son principal mérite était d'être visionnaire, et visionnaire passionné », écrivait Baudelaire en 1859. Vérifiez ce jugement à partir d'une ou plusieurs œuvres de Balzac.

• « Plutôt qu'une psychologie, [...] Balzac a édifié une mythologie de l'homme. » Commentez cette affirmation d'Albert Béguin dans *Balzac visionnaire*.

• « "L'homme de génie" a traversé en esprit les espaces [...]. Il a pressenti le monde, et ce pressentiment équivaut à la réalité. Son âme lui révèle tout par intuition. Ainsi le peintre le plus chaud, le plus exact de Florence, n'a jamais été à Florence », écrivait Balzac. Que pensez-vous de cette conception du réalisme romanesque ?

• « Balzac n'a jamais aimé Dieu. Son vœu n'est pas de le rejoindre pour s'abîmer en lui, pas même de participer à son secret. Il est de se substituer à lui, de le détruire. » Vous commenterez ce jugement de Gaëtan Picon dans son *Balzac par lui-même*, à la lueur de l'œuvre balzacienne.

• « Le vrai poète doit rester caché comme Dieu, dans le centre de ses mondes, n'est visible que par ses créations. » Vous analyserez le roman balzacien à la lueur de cette affirmation de l'auteur de *La Comédie humaine*.

• « Balzac donne à son intrigue des bases plus larges que tout écrivain avant et après lui, mais chez lui tout participe à l'action. » Vous vérifierez cette affirmation à partir d'un roman de Balzac de votre choix.

COMMENTAIRE COMPOSÉ

Le Colonel Chabert : la résurrection de Chabert, de « Lorsque je revins à moi » à « mon crâne fut en contact avec la neige ».

Introduction

Laissé pour mort sur le champ de bataille d'Eylau, le colonel Chabert a été jeté dans une fosse commune. Dix ans plus tard, il raconte à l'avoué Derville sa miraculeuse résurrection. Extraite de la célèbre nouvelle de Balzac, *Le Colonel Chabert*, publié en 1835, cette page se présente comme un récit à la première personne qui rapporte avec un réalisme macabre une renaissance qui prend une dimension fantastique et mythique.

Développement

1. Le texte se présente comme un récit au discours direct, impliquant un narrateur et un narrataire.

Durant toute la scène, Derville reste silencieux, sa présence est rendue sensible par le jeu des « vous » et des « monsieur » qui scandent la narration. Présents surtout au début : « lorsque je revins à moi, monsieur », et à la fin : « mais, avec une rage, que vous devez concevoir ». Devenant plus nombreux lorsque Chabert raconte comment il a pu sortir de la fosse. Impliquant l'interlocuteur, le prenant à témoin : « vous me direz », « à travers la neige, monsieur ! ». Laissant supposer les réactions de l'avoué, dont Balzac ne nous dit rien. Conférant ainsi au récit une dimension concrète et vivante, soulignant le caractère exceptionnel de l'aventure, son aspect incroyable.

De même, la personnalité du narrateur imprègne le récit. Par l'utilisation constante de la première personne, qui en fait un témoignage vécu. Par le niveau de langage et le ton, celui d'un ancien soldat, tour à tour familier (« le bras d'un Hercule ! Un bon os », « j'y allais ferme ») et presque humoristique (« car il ne fallait pas flâner », « vous me direz que j'avais trois bras ! »). La multiplication des points d'exclamation à la fin souligne l'engagement personnel du narrateur et la prise à partie de son auditeur : sept marques exclamatives se succèdent ; ponctuant les réactions de Chabert.

Enfin, le texte joue sur le décalage temporel : le récit au passé (imparfait/passé simple) est entrecoupé de commentaires faits par le locuteur : « une atmosphère dont je ne vous donnerais pas une idée », « quoique la mémoire de ces moments soit bien ténébreuse ». En racontant l'événement, il le revit et révèle que son souvenir est encore très présent, le marquant à jamais : « Il y a des nuits où je crois encore entendre ces soupirs étouffés. » Ces intrusions du narrateur interviennent encore pour moduler ou nuancer le récit : « J'entendis ou je crus entendre, je ne veux rien affirmer. »

2. Revécue par un narrateur témoin et acteur, la scène revêt un réalisme saisissant et macabre.

La description de la fosse est faite à travers les sensations physiques de l'officier : visuelles (« en ouvrant les yeux, je ne vis rien », « enfin je vis le jour ») ; auditives (« mes oreilles tintèrent violemment », « j'entendis ») ; olfactives (« le peu d'air que je respirais était méphitique »). L'impression d'oppression, de claustration, est rendue avec acuité par le sentiment d'étouffement qui domine le texte : « je ne trouvai point d'espace », « la rareté de l'air », « l'air ne se renouvelait point », « me procurait toujours un peu d'air », « je ménageais mes aspirations ». Le réalisme est encore accentué par la précision du témoignage : tous les gestes sont rapportés de manière très visuelle : « en levant les mains, en tâtant les morts, je pus donc mesurer l'espace », « je me mis à travailler les cadavres », « ce levier dont je me servais avec habileté ». De même, l'emplacement des corps est évoqué de façon précise : « un vide entre ma tête et le fumier humain supérieur », « deux morts s'étaient croisés au-dessus de moi ». Au fur et à mesure du texte, le réalisme se fait de plus en plus macabre. Balzac décrit l'horreur de la fosse à la manière du Villon de *La Ballade des pendus*. Puanteur de la tombe (« le peu d'air que je respirais était méphitique »), « monde de cadavres », décomposition des corps (« le fumier humain supérieur »), position grotesque des cadavres (« deux morts s'étaient croisés »). Puis, l'horreur croît avec la découverte d'un membre : « je rencontrai fort heureusement un bras », accentuée par les commentaires : « fort heureusement », « le bras d'un Hercule », par l'apparent détachement du récit : « je me mis à travailler les cadavres », par le vocabulaire technique qui sert à décrire les manœuvres de Chabert : « travailler », « percer la couverture de chair », « ce levier », « cadavres que je déplaçais ». L'horreur culmine avec l'évocation de la terrible blessure : « j'avais la tête ouverte », « emplâtre naturel », « croûte », description presque clinique soulignée par le contraste final entre la blancheur de la neige qui recouvre le champ de bataille et le sang coagulé.

3. Progressivement, le réalisme cède la place au fantastique et l'épisode revêt une dimension quasi mythique.

Le texte se déroule entre deux pertes de conscience, l'une au début du texte (« lorsque je revins à moi »), l'autre à la fin (« je m'évanouis »). Chacune d'elles marque le contact avec le monde des vivants. Entre les deux, Chabert opère une descente dans le monde souterrain des morts : « le monde de cadavres au milieu duquel je gisais ». Univers nocturne (« je ne vis rien »), angoissant («j'allais mourir»), qui tout à coup s'anime de façon hallucinatoire: «J'entendis, ou je crus entendre [...] des gémissements.» Le vague de certaines impressions, «souvenirs confus», «et qui ont brouillé mes idées», «que je devais éprouver», crée une atmosphère fantastique, mi-vécue, mi-rêvée. Les «cris», les «soupirs étouffés», le «silence du tombeau» plongent le lecteur dans un univers de cauchemar. L'atmosphère est celle du roman d'épouvante, le héros semble tout droit sorti des livres d'Ann Radcliff ou de Lewis. Chabert décrit ici un événement surnaturel, que souligne le triple miracle auquel il doit la vie: le vide qui lui permet de ne pas mourir étouffé, l'os, le sang qui, en se coagulant, a enrayé l'hémorragie. Chabert est un revenant.

La scène prend ainsi une double signification symbolique. Balzac décrit une descente dans l'empire des morts, descente aux enfers de la mort. Mais cette mort est provisoire, car suivie d'une résurrection. Comme le Christ mis au tombeau, Chabert renaît. La trajectoire de Chabert va de la nuit à la lumière («enfin je vis le jour»), du bas vers le haut («la couverture de chair qui mettait une barrière entre la vie et moi»). Le texte tire son pouvoir d'évocation de cette référence à un thème religieux, celui de la résurrection des morts. Mais son salut, Chabert ne le doit qu'à lui-même et à la chance. Le récit souligne son énergie et sa lucidité: «je compris», «cette pensée m'ôta le sentiment de la douleur», «je pus donc mesurer l'espace», «en furetant»...

Mais en même temps, cette fosse commune, c'est celle où sont enfouis les héros de l'Empire. Avec eux, c'est le passé qui est comme recouvert par le présent de la Restauration. Chabert appartient à un monde mort, disparu, que les vivants se sont chargés de mettre à mort une seconde fois. Chabert n'est plus qu'une ombre et son récit ne convaincra personne. La force de Balzac, c'est d'avoir ici peint, à travers une destinée individuelle, l'envers de l'épopée impériale; les victoires napoléoniennes vues du point de vue de la mort. Inversant l'épopée chantée par Béranger pour montrer une tragédie.

Conclusion

Exploitant toutes les ressources du roman noir, avec son personnage de mort-vivant et son décor macabre de fosse commune, Balzac décrit pourtant son époque. La tragédie de Chabert est celle de tous ces survivants, vieux débris du passé, qui hantent le présent: demi-soldes de l'Empire comme Maxence Gilet ou Philippe Brideau, aristocrates nostalgiques de l'Ancien Régime, comme le vieux marquis d'Esgrignon ou le baron du Guénic. Traînant leur carrick élimé comme le colonel rescapé d'Eylau dans un monde qui ne veut plus d'eux.

Bibliographie

Sur la vie de Balzac

A. Maurois, *Prométhée ou la vie de Balzac*, Hachette, 1965.

S. Zweig, *Balzac, le roman de sa vie*, Albin Michel, 1950.

Sur l'ensemble de l'œuvre

P. Barbéris, *Balzac et le mal du siècle*, Gallimard, 1970. Thèse volumineuse qui étudie la genèse de la création balzacienne et notamment ses débuts littéraires.

P. Barbéris, *Balzac. Une mythologie réaliste*, Larousse, 1971. Une étude marxiste de l'univers romanesque de l'écrivain.

M. Bardèche, *Balzac romancier*, Plon, 1945. Un classique qui analyse l'évolution formelle du roman balzacien jusqu'au *Père Goriot*.

H. Evans, *Louis Lambert et la philosophie de Balzac*, Corti, 1951. Une synthèse très précise sur les sources religieuses et occultistes du romancier.

B. Guyon, *La Pensée politique et sociale de Balzac*, A. Colin, 1947.

G. Lukács, *Balzac et le réalisme français*, Maspéro, trad. 1967. Une analyse marxiste des *Paysans* et d'*Illusions perdues*.

F. Marceau, *Balzac et son monde*, Gallimard, 1955. Une galerie vivante des personnages de *La Comédie humaine*.

G. Picon, *Balzac par lui-même*, Le Seuil, 1966. Une traversée de la mythologie intérieure de l'écrivain.

A. Wurmser, *La Comédie inhumaine*, Gallimard, 1964. Un travail polémique sur l'argent dans l'univers de Balzac.

Sur des aspects particuliers de l'œuvre

G. Castex, *Nouvelles et contes de Balzac*, C.D.U., 1961.

P. Citron, *Dans Balzac*, Le Seuil, 1986. Les liens entre la vie et l'œuvre.

N. Mozet, *La Ville de province dans l'œuvre de Balzac*, SEDES, 1982.

N. Mozet, *Balzac au pluriel*, PUF, 1990.

J.-P. Richard, « Corps et décors balzaciens », in *Études sur le romantisme*, Le Seuil, 1970.

Table des matières

Dans la même collection, série "Les œuvres"

53 *À rebours*, Huysmans
14 *Un amour de Swann*, Proust
13 *Antigone*, Anouilh
8 *L'Assommoir*, Zola
20 *Atala / René*, Chateaubriand
42 *Au Bonheur des Dames*, Zola
34 *Bel-Ami*, Maupassant
46 *Britannicus*, Racine
36 *Caligula*, Camus
4 *Candide*, Voltaire
30 *La Chartreuse de Parme*, Stendhal
31 *Le Chevalier à la charrette / Le Chevalier au lion*, Chrétien de Troyes
47 *Chez les Flamands / L'Écluse n° 1*, Simenon
26 *Les Choses / Espèces d'espaces*, Perec
52 *Les Chouans*, Balzac
39 *Le Cid*, Corneille
44 *Colline*, Giono
37 *La Condition humaine*, Malraux
18 *Les Confessions*, Rousseau
9 *Dom Juan*, Molière
22 *La Double Inconstance*, Marivaux
2 *L'École des femmes*, Molière
19 *L'Éducation sentimentale*, Flaubert
35 *En attendant Godot / Fin de partie,* Beckett
23 *L'Étranger*, Camus
32 *Les Faux-Monnayeurs*, Gide
41 *Les Femmes savantes*, Molière
1 *Germinal*, Zola
15 *La guerre de Troie n'aura pas lieu*, Giraudoux
45 *Horace*, Corneille
54 *L'Illusion comique*, Corneille
5 *Jacques le Fataliste*, Diderot
51 *Les Liaisons dangereuses*, Laclos
10 *Madame Bovary*, Flaubert
16 *Manon Lescaut*, L'abbé Prévost
17 *Le Mariage de Figaro*, Beaumarchais
48 *Le Misanthrope*, Molière
43 *Les Misérables*, Hugo
33 *Les Mouches / Huis clos*, Sartre
49 *La Nausée*, Sartre
12 *Le Père Goriot*, Balzac
24 *La Peste*, Camus
11 *Phèdre*, Racine,
40 *Polyeucte*, Corneille
6 *La Princesse de Clèves*, Madame de Lafayette
50 *Le Rivage des Syrtes*, Gracq
27 *Un roi sans divertissement*, Giono
28 *Le Roi se meurt*, Ionesco
3 *Le Rouge et le Noir*, Stendhal
7 *Tartuffe*, Molière
29 *Thérèse Desqueyroux*, Mauriac
25 *Tristan et Yseut*, Béroul, Thomas
18 *Les Confessions*, Rousseau
38 *Trois Contes*, Flaubert
21 *Une vie*, Maupassant

Crédits photographiques

Archives Nathan / B.N. : 2.

Aubin Imprimeur
LIGUGÉ, POITIERS

Achevé d'imprimer en décembre 1993
N° d'édition 10019412-(II)-5-OSB-80°
N° d'impression L 44146
Dépôt légal décembre 1993 / Imprimé en France